欅の里

心の風景をつむぐ私の思い出エッセイ

柳洋子

22世紀アート

はじめに

本書の題名「欅《けやき》の里」とは、私の生まれ育った場所のことです。欅の大木が立ち並ぶ屋敷森がこんもりと茂り、家々のある場所以外は畑が広がった地域で、その真ん中に水源地の黒目川があり、天神社の祀られた南と北に五十軒程の農家が点在する小ぢんまりとした集落でした。

野崎、奥住、村野という名字の家が多く、他の名字の家は多くがよそからの転入者達でした。令和時代の現在でも、御嶽講《おんたけこう》や三峰講《みつみねこう》、榛名講《はるなこう》などの講があり、交代で代参《だいさん》が行われ、神社の祭礼以外の昔から伝わった行事も今に引き継がれています。

家々の囲りには欅の大木が茂り、道路も昼なお闇《くら》い状態で、家々のまわりには竹林が多く、雪の朝は雪折れ竹のポン、ポンと折れる音が聞こえたものです。お寺の行事も村人の楽しみの一つで、今も柳窪《やなぎくぼ》の住人の集まりが続いています。

私にとってこの地域はまさに「欅の里」で、心の中では昔の風景の消えることのないのどかな里になっています。

目次

一

花菖蒲《はなしょうぶ》

平成元年、今年も北山公園の花菖蒲は見事な花を咲かせている。

台風の前ぶれがあったためか、午後の菖蒲園には人影は少なく、緑に囲まれた静かな花の世界であった。

花菖蒲は雨の日が良い。傘をさし、何も持たず板敷きの歩道をゆっくりと歩いた。

花々の囁《ささや》きが聞こえるようだ。

私は毎年ここに来るのを楽しみにしている。

私が初めてこの北山公園に来たのは、次男が社会人になった年である。

早朝、車で出かける用事があった。その帰り、急に思いついて北山に向かったのだった。

ちょうどその時、この一角は一面の花菖蒲が真っ盛りだった。二千種類にも及ぶこの菖蒲園は、東京百景の一つに選ばれたそうだが、私はこの時まで来たことがなかった。

朝八時、花は活き活きとしている。静かに見ていると大きい花びらが少しずつ広がって行くのがわかる。

カメラマンがレンズを近づけている。絵筆を持って描く人もいる。花の中ですれ違う人々の瞳は輝いていた。

「早起きは三文の得」

早朝ドライブのお陰で、この花の世界を知ったのだった。

姑《しゅうとめ》は近くに住んでいる。しかし、この公園を知っているだろうか。私は姑を誘ってみることにした。

突然の誘いに、姑はその日の予定を変えて、車に乗ってくれた。

「私は長いことこの土地に住んでいるのに、知らない所が多いんですよ。若い時は助産婦のため毎日のようにこの辺を歩きまわっていたんですけれど、仕事以外の場所には足を向けたこともなかったものでね」

姑はいつものように後部座席から話しかける。

今から五十年前は、多摩湖の駅周辺は、一面に早苗が植えられていた。それが今は住宅が建ち並び、小学校、中学校までできて、道路は舗装され、昔の面影はない。

しかし、少し奥の北山公園には昔の風景が残っている。沼池には蒲《がま》や、睡蓮《すいれん》、蓮《はす》などの水生植物が植えられ、蛙の啼き声も聞こえてくる。

橋のたもとに車を停め、二人はあぜ道を滑らぬように注意しながら抜けて菖蒲園に入った。

「まあ、よく咲いていること。こんなに広い場所に咲いているなんて、思ってもいなかったわ。大きな花なのね。空色の花も、しぼりの花も、赤紫の濃い花も、それが少しずつ違った形の花なのね。なんてきれいに咲いているんでしょう。よい所に連れて来てもらったわ。私は貴女が誘ってくださらなかったら、こんなに良い場所も知らずじまいになるところだったわね。あら、あら、花に名札まで付いているのね。それにこの板敷きの道はよくできていて、これなら誰でも端から端までゆっくり見て歩けるじゃない。よく考えたわね。あら、昔よく見かけた黄色い菖蒲もあるじゃないの」

姑は立て続けに話をしている。

私は姑に向けてカメラのシャッターを何度も押した。

「写真まで撮ってもらうんだったら、もっと良い服に着替えてくれば良かったわ」

と、言いながら腕に下げたハンドバッグを引き上げてポーズをとる。

私はスケッチを始めた。

「貴女、ゆっくり描いていてください。私はお邪魔はしませんから」

しかし、姑は私の側から離れない。折りたたみの椅子を勧《すす》めると、それに掛けて、

「貴女は絵が描けていいわね。私は何にもできないでこんな歳まで来てしまったわ」

「いいえ、お姑さんはご立派にお仕事をなさっていらっしゃったのですから、絵なんか描けなくても良

いではありませんか、私こそ何でも始めるだけで、真面《まとも》な物はなく終わってしまいそうですわ。それでもこうして鉛筆を動かしていると、ゆっくりお花を見ていられるので好きなんですの」

「私はね、貴女とここにこうしていられるだけで嬉しいですよ。昔はこんな時間は私にはなかったから――」

姑は昔の暮らしと、義弟妹のことなどを話し始めた。

私が嫁に来てから何度となく聞かされた同じ話をまた話し始める。

明治生まれ、苦学して学校を卒業し、結婚後は早く親に死に別れた義理の弟や妹を一人前にさせ、抵当に入っていた土地を取り戻し、五人の子供を上の学校に入れるため助産婦を始めたという話は、何度話しても話し足りないのだろう。それに引き換え、嫁の私は特別の苦労もなくここまで来ている。車の運転もできるので、ちょっとの間にも気が向いた場所に行ける。

九十歳のこの姑は、わずかしか離れていないこの場所にすら一人では来られなくなっている。

スケッチを終え、また二人は歩き始めた。

その時、前方から歩いて来る人がいた。それは夫だった。

「お前達が、まだいるんじゃないかと思って、散歩がてらこっちに足を向けてみたんだが、僕の勘は当たっていたね」

私の誘いを断って、車に乗らなかった夫が、歩いてここまで来たのだった。

「よくわかったね、そしてよく逢えたよ」

姑の笑顔は、夫と私に交互に向けられ、まるで子供みたいだった。

大正生まれ、真面目人間、理論派の息子は、人を遊ばせることの下手な見本みたいで、母親に逢うたびに、

「母さんは甘いものの食べ過ぎだ、そんなに肥《ふと》っているのは自制心がないからだ。自分でできることは他人を頼ってはいけない。愚痴を言ってはだらしない。子供が悪いのは親の育て方が悪かったからだ」

などと説教をする。姑も負けずに、

「あの息子は本当に可愛い気がない。あんなことを言う人はいないよ。どうしようもない息子だ」

と、夫のいないところで悪口を言ってはいるが、嫁と二人の花見より、自分の生んだ息子と一緒の方がどれほど嬉しいか知れないのだ。

息子と一緒に写真に収まり、また菖蒲の中を歩き始めた。

板道を歩く母親に手を貸す息子の優しい労《いたわ》りも見られ、二人には笑顔が消えなかった。

帰途立ち寄ったうどん屋で、姑は、

「母さんはこんなに食べられないから」

と言いながら、息子の丼の中に勝手にうどんを分け入れている姿は、子育て中にする母親の仕草であった。

母親は、いつでも子供と一緒にいる時が幸せなのだ。

花菖蒲の中の姑は、本当に身体中で踊っているように見えた。

私の庭造り

一

家を新築した昭和三十四年十二月末、一台のトラックが玄関先に止まった。

「奥さん、庭石はいりませんか。一台分三千円で置いて行きますが」

私は庭石は好きだ。しかし、この猫の額ほどの庭とも言えない狭い土地に石を置くなどとは、考えてもいなかった。それに新築の家に越してまもない時で、あるのは借金の山ばかりだった。

庭石売りの男は、私の返事も待たずに話し始めた。

「狭い場所に石を置き、その間に植木を何本か入れると格好がついて良くなりますよ。お勧めします。私は群馬から来たんだけど、今日はこんな夕方になってもまだ石を積んでいる始末で、これ以上、車に乗せておくわけにはいかないんですよ。

奥さん。よかったら垣根の外にでも下ろさせてくれませんか。一か月しても石がいらないと思った時は、どこかに片付けてもかまいませんから」

「それでは他人の迷惑にならないように置いて行ってください。それに、なくなっても知りませんよ。それでもいいんですね」

私は買う気もなく答えた。

石屋はゴロゴロと音を立てながら荷台から石を下ろした。

「一台の石って、これしかないんですか」

私が石を見ながら尋ねると、

「石は重さで定まるので、大きい石だと一つで一台ということもあるんですよ」

と、言った。

その夜、会社から帰宅した夫に石の話をすると、

「そんなに安く並べてくれるなら、やってもらったら良いだろう」

と、気楽な返事だった。

年も明けて、石屋がふらりとやってきた。

夫の話を伝えると、素早く仕事にかかり、一番大きい石を指して、

「縦に溝ができているのは、なかなか良いもので、こういう石は少ないですよ。これは三波石《さんばせき》。こっちのはぶどう石。この赤石は良いものですよ。これだけ大きいのは少ない」

などと言いながら、手際よく並べていた。

つつじ、南天、青木などのありあわせの木を添えて格好をつけてくれたので、狭い場所と家にも釣合い、今までのような寒々とした貧しさもなくなり、三千円の代金支払いでは申し訳なく思えるほど、すっきりとした玄関先のアプローチになった。

石を入れて本当に良かったと思った。

二

それから十年経って、二階を増築した直後のこと。垣根越しに私を呼ぶ人がいる。

「奥さん、庭石はいりませんか。安い石がありますから、庭をきれいにしたらいかがですか」

声のする方に顔を向けると、人の良さそうな中年の男が立っていた。

私は今まで狭い庭に何回となく草木を植えたり抜いたりして、自分の気に入った庭にしようとしてきたけれど、何としても女のすること、なかなかサマにならなかった。

夫は散歩に出かけては他家の庭を見て歩き、我が家の庭の雑然さに気付いたらしく、

「少し家の庭も植木屋を入れて決まりをつけてみたらどうだ」

と、言っていたのを思い出した。それで、

「石を見てからでないとお返事できませんわ」

と答えた。

私がその男と一緒に車の置いてあるところまで石を見に行くと、小さい石がゴロゴロと積まれていた。

「あら、小さい玉石ですのね。多摩川に行ったら運んで来られそうな石ね」

と言うと、車の中にいたのだろうか、格幅の良い強そうな感じのするもう一人の男が出てきて、

「小さい石でもそれぞれ形が違っていて、それは良い顔をした石ばかりですよ。組み合わせると良い石組みができて、狭い庭には向いているんですよ。お宅はどちらですか。庭を見せてもらわないと、値段は決められないので、案内してくれませんか」

と言う。

私は今度はこの強そうな男と家に引き返して来た。

男は庭を見て、

「庭の真ん中から半分を三万円で請け負わせてくれませんか。きれいに並べますよ」

と言った。

応接間に続いたテラスの前がすっきりとなるなら、今月の生活費を少し切りつめれば何とかなると思い、私は石を入れることにした。

大型車が家の前に止められ、同時に、五、六人の男が次々と玉石を抱えて運び始めた。この人たちはどこにいたのだろう。少し恐ろしくなってきた。

実直そうな小柄で口数の少ない人が、次々と石を並べている。その早いこと。他の人は手伝わず見ている。

例の組長のような格幅の男の説明によると、この人は石並べでは日本一の賞を獲ったほどの名人で、勝手に並べているように見えても、その石を見て、それぞれの形に当てはめた組み合わせ方をしているので、基本に合った格好ができているのだそうだ。

組長風の男は、枯れ山水《かれさんすい》を造れと勧めてきたが、私はとり合わなかった。

そのうち、半ば石が並べられた時である。

「玄関の方もこの際、思い切って並べ替えませんか。玄関先の石を少しこちらに持ってきて使うと、大きい石が混ざり、良くなりますよ。玄関には別の石を持ってきて使いますから七万円出しませんか。申し分なくやって上げますから」

と、男が言う。

私は決まりがつかぬまま投げ出されては困るし、何年か前に門の向きを変えた際にブロック屋さんが石組みを変えてしまったために、格好が悪くなっていたことを思い出した。専門家の庭師なら気付くわけだ。

（これは大仕事になってしまった）

と、思いながらも、頼むことにした。

玄関先で、人の声と、スコップを使う音が聞こえてきた。大変なことになった思いで胸はドキドキと音を立てている。私は家の中から全部の硝子戸に鍵をかけた。それでも落ち付かない。

「もしも暴力団だったらどうしよう」

私は顔も固くなって、家の中でじっとしていた。

しばらくして、硝子戸をたたく音がした。

「奥さん、奥さん」

呼んでいるのはまたも組長風の男だった。

「小さい石が余っているので、相談なんだけど、西側の狭い場所に片側だけ石を並べ、通路に玉砂利を敷きつめると、また一段と良くなるので、あと二万円出してくれませんか」

私は何の抵抗もなく了承した。

かくして、我が家の庭半分が今までとは一変したのは言うまでもない。

玄関から門扉まで飛石が並び、少し高くなった道路からの水の浸入防止のために、一列可愛い玉石が並べられ、黒の玉砂利が敷きつめられたために、料亭のアプローチを思わせる感じになった。私が車に積まれた石を見に行った時には見られなかった白い石まで使われて、何となく明るい感じがする。

「月日が経つと、石に落ち付きが出て、石の浮き上がった感じがなくなり、良くなってきますよ」

組長風男の説明で、少しばかり安心はしたが、こんなに石が並んでいる家を私は知らない。作業の間に、裏口からそっと抜け出して、銀行から引き出して来た十二万円のお金は、私が内密に積んでおいた息子たち名儀の通帳からのものである。

代金の支払いも済み、最後のお茶を飲みながら、

「こんなに気持ちの良い奥さんだったら、どんなに良くもして上げたくなる。目を見ているといつも笑っている。貴女は幸せになれる人だね。こんな人の仕事をするのは実に気持ちが良いもので、今日みたいな日は本当に珍しい。また来たくなる家だなあ」

と、一同は明るい挨拶のあと、お清め用に使ったお酒の一升瓶を下げて引き上げて行った。

また来られたら困る。私のへそくりはなくなってしまったではないか。

ほどなくして近所の方が、「庭を見せて欲しい」とやって来た。私の庭と同時に、他の二軒の庭も手掛けていたのだった。お互いに庭を見せ合い、にが笑いしながら、

「この辺の人はお人良しで、お金持ちだったのね」

と言って慰め合った。

会社から帰宅した夫は、翌朝、すっきりと収まっている庭と玄関先を見て、

「これは五万円くらいの費用がかかっているな」

と言いながら、テラスでぴょんぴょんと飛びはねて運動をしていたが、私は費用は明かさないことにした。ご満悦に越したことはない。

その後、植木屋に植木を少し入れてもらった。その時、サービスとして庭の片側に、つるつるした何の変哲もない石を入れてくれた。盛土した場所の土止めにもなり、一応の格好がついた。

三

それから四、五年過ぎた夏の昼下り、息子と同じ年頃と思われる二十四、五歳の若い男が石を売りに来た。

「うちは石だらけで、これ以上石を入れては困るの、少しは石のない場所も欲しいのよ」

と言って、追い返そうとした。

若い男は、群馬の鬼石から一人で来たと言う。庭をちらり、と見て言った。

「ここまで良く石が入っているのに、東側のこの場所はおかしい。石は腐りもしないし、一生残るもので役に立つから。それに安い費用で置いて行くから、そこに置かせてくれないかね」

そして、小さな声で、

「内密だけど、三万円で置いて行くから」

そして、鬼石から来ると、三時間もかかり、ガソリン代も出ない費用だとか、代金はいつでも良いとか、石を積んで出てまた持ち帰るほど嫌なものはないとか、哀れなことを言い始めた。

「それでは置いて行ってもいいわ。それにしても東側には自動車が駐車できるように石を並べて下さいね」

と、指図すると、

「俺の好きなように形良く並べるから、奥さんは見ていないで欲しいんだ。仕事ができなくなるから」

と言う。

私は言われた通り、家の中でお茶の用意にとりかかった。硝子戸越しにそっと見ると、彼はたった一人で石を動かしている。大きい石に縄をかけ、丸太を並べた上に石を乗せて引っぱる。丸太はくるくるとまわる。それによって石を移動させていた。

彼は汗をぐっしょりかきながらも、全部の石を据えた。

これは本当に男の仕事だ。今までの石屋とはまた違う置き方で、大きな石を三つ向い合うように置く方法なのだそうだ。

お茶を飲みながら彼は話してくれた。

「俺は石屋だ。こうして他家の庭が良くなると、とても嬉しいんだ。どこの家の庭もいい庭にしてあげたくなってしまうんだ。こうして形に残る仕事なので、この仕事はいい仕事だと俺は思っているんだ。この頃はあまり儲からないけど、地方に大勢で売りに行った時は楽しかったなあ。しかし、俺の家は半分傾いていて、今にもつぶれそうなんだ。そのうち建て替えたいと思っているんだけどお金がたまらないんだよな」

孝行息子らしい。

冷たい梅酒を一気に飲み終わると、彼は元気よく挨拶して帰って行った。

石を売り歩く男の仕事も大変なものだと思いながら、汚れた石を洗った。青と白の縞が出て美しい石だった。

翌朝、夫は石を見て、

「三万円でこんなに大きい石が入るなんて安い、安い」

と連発していた。

四

それから一か月も経たない時である。

突然、庭先に鬼石の兄さんが顔を出した。

「そこまで来たので、また寄ってしまったけど、この前の石、御主人は何と言ってた？」

私は正直に言った。

「安い費用で、しかも良くなったので喜んでいましたよ」

「そうだろうと思ったので、また持って来たんだ」

今度は縁側のすぐ前で、しかも庭の中心と思われる所に石を置きたいのだ。

私は溜め息が出た。

若いのに本当に仕事熱心な人だ。

「これ以上、私は石はいらないの。石だらけでどうしようもないじゃないの。石でげっぷが出てしまいそうよ」

「でも奥さん、そこに合う石を選んで来たんだし、とても良い鏡石だってある。築山のようになっているこの場所に置くにはうってつけの石もある。石の上に水も溜まるよ。縁側に座って庭を眺めながらお茶を飲んでみな。一味違って美味しく飲めるから。また上手に据えて見せるし、安いもんだよ」

これではもう私は両手を上げざるをえない。

「それでは、この前の時と同じ費用で良かったらね」

「それはひどいよ。小遣いとして五千円出して下さいよ。これで奥さんの所には石を入れる場所はなくなるので、石売りには来ないから。きっと後になって入れて良かったと思えるから、入れときなよ」

またしても石が並べられた。

仕事も終わり、お茶を飲みながら、

「これで燈籠と、蹲《つくばい》が入ると立派な庭になるなあ。今度は植木屋にして貰うんだね」

と言った後、

「これでこの家には来ないけど、奥さん元気で暮らしなよね」

彼は可愛い言葉を残して帰って行った。

植木屋がサービスに入れてくれたつるつるしたあの石は、庭の片隅に並べられていた。

年末になり、例年の如く植木屋が手入れに来てくれた。新しく入った庭石を黙って見ている。

私は鬼石の兄さんが言い残してくれた蹲の件を話してみたところ、

「植木の市に時々出るので、安いのが出た時に取り寄せておきましょう」

と引受けてくれた。それから半年ほどして蹲が入った。

二日がかりで仕上げた庭は、鬼石のお兄さんが自慢していた鏡石が、蹲の後方高く、屏風のように据えられ、織部燈籠が横に収まった。排水も施《ほどこ》されている。これで庭の奥座敷とも見える場所が出来上がった。

春には小鳥が水を求め、夏には水浴に舞い下りて、のどかな風情が見られる。

大勢の石屋さんが、少しずつ入ってできたこの猫の額ほどの庭も、今では石に苔も生え、植木も茂り、数多い石の行列も気にならなくなり、四季折々に咲き、実る植木とも調和して、この石の一つ一つに愛着が湧くまでになった。

植木の名前を何度教えても覚えられない程、植物に興味のない夫が、朝に、夕に、庭石や植木にバケツに溜めた水を、バサッ、バサッと投げかけては、気持良さそうに庭を歩きまわっている姿を見ると、庭園とも言えないこの庭でも、結構その造りに満足しているのだろうと私は思っている。

悦子

晴れたり　曇ったり

お父さん
お父さん
聞こえますか
優しい寝顔のお父さん
私達がいくつになっても
お父さんはお父さん　たった一人のお父さん

寒いですか　身体をさすりましょうか
お父さん
優しくうなずくお父さん
静かに眠る　寝息も静かに
手を取ると　いつまでもにぎり返してくれる

あったかい手のお父さん
私がそばに居るから
子供達が皆ついているから大丈夫よ
静かに寝ていて下さい　心配せずに
お父さん　眠いんでしょ

いつもおしゃれなお父さん
床屋を入れて　さっぱりしましたね
お父さん
目が笑って嬉しそうなお父さん
おひげをそって格好をつけてるお父さん
病人は気楽でいましょ
眠くなったら存分寝ていて　お父さん

パジャマの好きなお父さん

新しいパジャマ　しゃれたパジャマに散歩のしたくなるお父さん
背すじをのばし　しっかり立って
弱気を見せないお父さん
可愛いですよ　お父さん

株の好きなお父さん
NTT株の値上がりに瞳を光らせ
家にいつ帰れるか　考えているお父さん
眠りながらも　株の計算をしているお父さん
楽しく夢見るお父さん
顔は温やか　目は優しく
いつまでも握手の続くお父さん
力はまだまだありますよ

孫達が慕い集まるお父さん

おじいちゃんの鉄棒はすごいんだ
力こぶも僕より出るんだよ
みんな忘れないでいますよ　お父さん
おじいちゃんのあの腕にぶらさがってみたいと
まだ言っていますよ　子供達は

大勢の子供も元気　孫も立派　それに曽孫まで抱けて
みんなの目の集まるのは　お父さん　あなたですよ
世界で一番幸せな人　それはお父さん
皆　みんな　お父さんを見て学んでいますよ
いつまでも生きつづけて下さい
お父さん！

昭和六十二年二月十四日　　　　病室にて

一

日溜りの縁側に腰をかけて、長時間父と話をしていく人がいた。

母はその人が見えると、

「お茶を持って行って」

と、私に頼む。

「誰が来ているの？」

と尋ねると、

「株屋がまた来ているのよ」

母は文学好みの人だったので、株屋は好みではなかったようだ。

お茶を出した後、私はなぜかこの人に興味を覚え、しばしその場を立ち去れなかった。二人は、天候の話、世間話などして時間をつぶしていた。

「どうしてこんな詰らない話をしているのだろう」

と思っていると、

「子供は、あっちに行っていなさい」

と父に追い払われる。それで株屋とはどんな仕事をしている人なのか、子供の私には皆目見当のつか

ぬ人であった。顔のあさ黒い、あばたのたくさんあるその人は、父のところにたびたび見えるので、

「株屋がまた来ている」

と思いながら、少し離れた所で、まりつきなどして遊んでいた私だった。

二

昭和二十六年、学校を卒業後家事手伝いをしていた。

昼近くなると、ラジオで株式市況が放送になる。幾多の株の銘柄が次々と読み上げられ、高値、安値と淀みなく流れてくるアナウンサーの声を聞きながら、いつも早く終わるのを待っていたものである。父は、自分の株価を知るべく毎日ラジオをつけていたのかもしれない。しかし、私達のいる前で株を売った話も買った話もしなかったので、あの株屋との話で何を売買していたのかわからなかった。

昭和二十九年、戦後のインフレは続き、エンゲル係数は高く、住宅事情も悪い中で私は結婚した。

父は私の結婚費用にするため、

「今売るには惜しいけれど、ビール株を売ることにする」

と言っていたが、本当に売ったかどうかは知らない。その後、持参金として資産株を持って行けば、毎年配当金で着物も買えるから、今、洋服や着物を用意するのは止めた方が良いのではないか、などと

言ってくれたが、実際はそれどころでなく終わってしまった。現在でもまだビール株を持っている話が出るところをみると、よほどこの株が好きなのか、値動きのない株だったのだろう。

父の株に対する話はきまっていた。

「株は安い時に買って高くなったら売る。それを繰り返していれば必ず儲かる」

しかし、

「これは良い株だと思っても自分ではなかなか買えないもので、度胸がないんだな」

と言っているくらいだから、買い方はとても慎重らしい。儲けたからといって人に何か買ってあげるとか、ご馳走をするなどは決してない全く可愛げのない人なので、何時も聞かされている私は、

「へえー、いいわね――」

と合槌をうって終了であった。

三

私が結婚して半年程経った時のことである。主人が、

「これは大切なものなので、大事にしてくれ」

と言いながら、封筒に入った物をタンスの引き出しに仕舞い込んだ。

「何だろう」

そっと調べてみた。忘れもしない。それは三井金属と、日本セメントの株券だった。恐る恐る主人に尋ねてみた。

「一度買った株が当たって儲かったので、もっと儲けてやろうと思い、信用取引をしたが失敗して、とうとうこの二つきり残らなかったんだ」

と事もなげに話してくれた。

娘の時、父が、

「株を買うのは良いが、お金もないのに買う信用取引だけはしてはならない」

と言っていたのを想い出した。何と恐ろしいことをこの人はしたんだろうと思い、大学で経済学を学んだこの人とは、注意して付き合って行かなければならないと思った。

四

娘時代に勤めていた事業所は、給料は全部預金口座に振り込まれていた。そのためによほどのことがないと払戻しは恥ずかしくてできず、ついついお金は溜まっていった。その事業所で、一時、封鎖の処置をとったこともあって、私の預金は結婚後現金となった。つましいやりくりの生活の中で、このお金はなかなか貴重なものだったので、主人に相談してみた。

「六万円も持っているのか。それでは株を買おう。今買えば必ず儲かる。銀行に預けておくよりずっと良いから、良さそうな株を探してあげよう」

と勇み出した。

主人が買ってくれたのは、東洋レーヨンの株で、その頃、化学繊維が出始めの頃だったため、この会社の株は、人気もあったようだ。それが増資の権利付きだった。配当金のほかに、株主優待販売もあり、今でも残っている主人のスポーツシャツや私のワンピース、子供の洋服など、新しい化学繊維の恩恵も受けたものだった。

昭和三十年代は、日本経済は高度成長時代に入り、あらゆる企業は、設備投資にお金を使うので、会社は増資を考える。決算報告書と共に増資の通知も受けるので、私の手許に蓄めたお金は、そのための費用に注ぎ込まれて行った。持ち株は、知らぬ間に買った時の二倍にも三倍にも増えていった。

会社の社宅住まいから、自分の家を持てたのもこの時代で、私達は苦もなく必要以上の広さの家を建てられたのである。

昭和三十四年十一月であった。この頃が、株価のピークの時代であったのだが、主人は強気の構えで、私の売りの勧めも聞かずに高ぶっていた。それが昭和三十六年、株価は一気に大暴落をした。秋の日の落下の如く、みるみるうちに株価は半値になってしまった。

五

ある日、会社から帰宅した主人が突然に、

「預けてある株券の一部を取りに行ってきてくれ」

と命令する。私は乳呑み児を寝かしつけてから、一人で夜の道を自転車に乗り、実家の金庫にある株券を取りに行った。父は何も言わずに渡してくれた。

数日後、主人に株の話を持ちかけてみた。ところが、不思議な言葉が返ってきたのだ。

「会社の部下が取引している証券会社にその部下のSさんが仲に入って手続きをしてくれたのに、そのSさんが翌日から会社を休んでいるので、どうなっているかわらず困っているところなんだ」

次の日、主人が調べてみると、Sさんは信用取引に失敗して、株を持っている主人に目をつけ、一部穴埋めに使ったことが判明した。会社の部下に詐欺をされたのだ。

「何ということ。あれほど高値だった時は売らなかったくせに、こんなに安くなって、しかも突然私に命令して持ってこさせた株券を詐欺されるなんて、何て馬鹿げているの。経済人ぶっているくせに、本当に嫌な人！」

私は主人を見る気もしなかった。

Ｓさんはその後、窶《やつ》れた顔になり出社したそうだ。そして、主人に向かって、

「三千万円もの負債が出てしまい、どうしようもなかった。電車に飛び込み自殺をしようかとも考えた。しかし、どこまで返せるか努力してからでも遅くはないと思い直して会社にも来られた訳で、ご迷惑をおかけした分はどんな事をしてでも返済しますからお赦し願いたい」

と言ったという。

私はハイキングに出かけた時、そのＳさんと同行したことがあるので知っている。背の高い、とてもハンサムな青年であった。

「あのＳさんが――」

人は信用できないものだ。

その後、Ｓさんからの返済完了まで、二人はどれ程気まずい思いをしたことだろう。

主人はしばらく株から遠のいた。

六

ある時、主人と私との話が合い、持株の全部を売り払った。株では、しばしば夫婦で言い争ってはい

たものの、我が家の財産も結構な額になっていた。

その時の受け払いは、私の実家で行われたので、当然父も立ち合っていた。父は、

「なんだかんだと言っていても、実際に、これだけの金額を持っているんだから大したものだ」

と、娘の家の財産の一部を知って安心したらしい。

主人はもう株は買わないと思っていた私は甘かった。ほどなくして、また、株を買ったのだ。今度は、驚くほど高い値嵩《がさ》株なのである。

「この調子で行くと、また、お金は全部株に化けそうだ」

私はかろうじて、一部を安全な場所に預け変えた。

その後、単身赴任の生活が始まった主人は、株をする時間のゆとりのない状態で、これは実に有難いことであった。

主人の株は、いつも忘れている時の方が儲かるのである。

七

「俺は六十歳になったら仕事はしない」

と言っていた主人は、本当に六十歳になった時に会社を辞めて、仕事から完全に離れた。

若い時は、会社を辞めたら毎日好きなゴルフをして暮らしたいと言っていたくせに、いざその時が近づいてくると、

「今日は暑いから止める」

「今日は雨が降りそうだから次の週にする」

「早朝重いバッグを持って行くのは嫌になった」

と、何かと理由をつけて行かなくなった。

もう一つの夢は、株をじっくりしてみたいということだった。大学で経済を専攻したので、自分は成功するとでも思っているのだろう。

「自分の小遣いは、株で儲けてみせる」

と言い切った。新聞は四部も取り始めた。これは正気とは思えない。その内に、持株は別の株に乗り替え、証券会社も変えた。

新聞ばかり見ているので、新聞の通信販売も利用する。そのために、突然紙包みを持った配達人が現われ、私は慌ててしまう。私の知らぬ間に電話注文をしているのだ。それと、本屋からの電話が絶えずあるので狭い部屋は、本の山積みができてしまう。そんな中で、ある日送られてきた郵便物が目にとまった。証券会社からの重要書類と書かれた封書だ。嫌な勘が走った。

主人の留守の間に内容を調べておこう。勇気を出して封を丁寧にはがした。

三十余年の結婚生活の中で初めて見る項目の所に金額が打ち込んである。

「これはおかしい」

私の心臓は音を立て、頭にきた。私の最も嫌がり恐れていることを始めたようだ。電話器を取り封筒に書かれた数字を追いながらダイヤルをまわした。時々主人にかかってきていた人の名前も想い出した。その人はすぐ電話口に出てくれた。

「今日おたくの会社から届けられた書類の内容について御説明していただきたいのですが」

「それはご主人がご存知のことですから、ご主人から聞いてください」

「私は、内容がどうも信用取引のようなのでお電話をして確かめているところです。私どもでは、信用取引は禁止事項になっていますので、もしそうでしたら取り消して欲しいのです」

「それはご主人からの電話で行ったものなので、奥さまの電話で売りには出しません。ご主人に話をされたらいかがですか」

電話は切れた。

散歩から帰った主人は、何も知らない。早めに夕飯をすませ尋ねてみた。

「あれは何も心配がないものなんだよ。担保もちゃんとあるし、少し持っていると儲かるものなんだ」

平然として答える。これは許せないことだ。証券会社にはきっと社員が残っているとみた私は、電話を入れてみた。昼間のあの人もいた。私の話は途中なのに、主人は私から受話器を取り上げて話し始めた。どうも、そのまま持っていることになりそうな話しぶりである。今度は私が主人から受話器を奪い取って言った。

「証券会社の貴方は、自分の仕事で一生懸命になってすすめていることでしょうから悪くは申しませんが、主人は人が良くて、すぐに人の誘いに乗ってしまうところがありますので困るんです。貴方のすすめる取引は、我が家では儲かろうと損しようと、禁止のことなので止めて頂きたいのです。担保の株は全部売って充当して下さい」

「今売ると損しますがいいんですか。持っている方がいいと思いますけどね。今手離してはもったいないですよ」

自信ありげな言い方は売らせたくないのだ。

「売って下さらないのでしたら、今日中に書類と株券をもってこちらに来て頂きたいです。一度もお逢いしない方と取引をしたことは今までありませんでしたので、私は貴方にお逢いしたいと思います。お願いします」

電話を切った。

翌日、主人は二百万の損を承知で担保に当てた株を売りに出した。二百万は月謝と思えば安いものだ。その後、株価はまたも下がり、私の悪妻的行いも功を奏したことになった。

家庭内は静かになった。

八

寒い冬の夜、訪れた人がいる。主人は自分の部屋に招き入れて、何か話をしている。私も中に入れてもらった。三人になると、話題も広がる。この人は最近お世話になり始めた証券会社の社員だった。田舎から出てきて、自分一人無からの出発だったので、何としても一人前になってみせると頑張ってきたが、身体を壊してしまい、それからは考え方を変え、身体の大切さを重要視するようになったのだそうだ。

雑談の中で知った年齢で息子と同年齢であることがわかった。家の息子も遠く離れて暮らしている。どんなに苦労していることだろう。次第に話す内容も打ち解けてきた。彼はしんみりと語り始めた。

「私は今、郷里にいる両親を想い出しました。お二人を前にして申し上げるのは失礼とは思いますが、私の両親とよく似ていると思いながらお二人のお話を伺っておりました。

私の父親はとても厳しい人で、自分で言い出したことは曲げない頑固者でした。そのために母は苦労をしていました。私は父親に反抗して家を出て来てしまったんです。それなのに、時たま郷里に帰ると母は何かと優しく慰めてくれましてね。離れて暮らし、社会に出て初めて良い両親を持ったことがわかったんです。仲の良い両親だったんです。それが一緒に住んでいた若い時には気が付かなかったんですね。

こちらのお二人も実に仲の良いご夫婦ですね。羨ましいくらいです。ご主人は良い奥さんを持って幸せな方ですね。

証券会社の社員は、お客様の家庭に入ってはいけない、と言われてきましたけれど、本当にその通りで、家庭のことを知ってしまうと、悪いことはできなくなり、私達としては、仕事にならないんです。私達も会社では偉くなりたいし、それには売上を上げなければなりませんから、売買を激しくさせたくなります。当然適当なところで手放すように勧めますし、悪いとは思いながら買わせもしました。儲けさせるのも、損をさせるのも腕一つですから――。悪いことをしたなと思うこともありました。私は奥さんのお話をお聞きして、悪いことはできなくなりました。いい奥さんですね」

若いのにこの社員は、静かに株の値動きを見守っていてくれた。

良い人は少ない。間もなくこの人は転勤になり、彼の郷里の近くの支店に赴任していった。

色の黒い、背の高い人であった。

九

私名義の債券が満期になった。この利払いによって、私は大手を振って旅行にも出してもらえたし、子供達にも気前の良い母親になれたものだ。

昭和六十一年、銀行の利息はまたも引き下げられた。国際的にも円高は続き、国内産業も次々と痛手を受けて、これからの日本経済は不安の色が出てきた。年金もそのうちどうなることか疑問である。満期債券はどうしたらよいのだろう。お金に寄せる想いは十色である。

「そうだ、思い切って株を買って寝かせておこう」

株に対する基本方針を崩さない父は、証券会社も変えない。そして、係の社員も、温和で真面目な方ばかり引き継いでいる。人生経験も豊かな方が多い。

「あの方なら大丈夫だろう」

私はYさんに相談をしてみた。彼は、私の要望に添った銘柄を探してくれた。

これで私は株主になれた。銀行の金庫に眠らせておき、十五年も経った時、

「あら、私もこんな株を持っていたのね」

と、とぼけて話ができる身になれるかもしれない。

ところがである。どうしたはずみか、その株が次々と動き始めたのだ。私がこれまで行った株式史上

にない動き方なのである。彼は、

「利食いも悪くなさそうですね。奥さんの製本代が出そうですよ」

私が第一冊目の本を作りたいという夢があるのを知っていて、こんな電話をしてくる。私は、急に売る決心をした。年金暮らしをしている私に、暮のボーナスが舞い込んだようなものだ。それもたった一か月の間の出来事である。

街は歳暮作戦たけなわの十二月、友人がデパートのギフトコーナーでアルバイトを始めた。

「是非一度来てくださいね」

と言って割引券を一枚くださった。私は彼女の働く姿に興味が湧いて、人なみに何か所かにお歳暮を出してもらった。ところが、その足で何気なく向かった呉服売場がいけない。店員が肩に掛けてくれた反物が気に入ってしまい、簡単に買ってしまったのである。

「株で儲けたお金を使えば作れる。主人に買ってもらうのではないから買ってしまおう！」

こんな訳で、株の利益金は、全部あっという間になくなってしまったのである。

「あぶく銭は身につかない」

と人から聞いた通りである。それでも私は違う。身に纏《まと》うのだ。あの着物なら、私が八十歳になった時でも着られそうだ。その時まで若々しく生き続けたいものだ。

「着物は女の宝」

と言った人がいたが、この着物なら宝になる。仕立上がってきた着物を見た主人は、

「良い柄の着物だ。お前に似合うよ」

と褒めてくれたし、妹は、

「私が借りて着たい着物だわ」

と言ってくれた。

黄金色に光るその着物は、丹念に畳まれ、タンスの中に納まっている。

株は魔物だ。私はこの喜びを消さぬため当分の間、株とは縁を切ることにした。私の株の世界を曇らせたくないから――。

十

昭和六十二年、病気が悪化して呼吸困難を起こした父は、またも病院に運ばれた。

酸素と、点滴注射のお陰で、体力も回復したある日、父に、

「NTT株が上場されたけれど、その人気が凄まじく、値が決まらないほどの値上がりをしているんですって」

と話してあげた。今まで静かに横になっていた父は、急に表情が子供のように嬉しげになり、日は輝いた。

「俺はいつ家に帰れるのか」

紙にメモ書きして私に渡してくれた。その目は悪戯《いたずら》っぽく笑っていた。株の好きな父には結構な清涼剤となったのだ。

元気な時、私の訪問を楽しみにしてくれた父は、炬燵《こたつ》に入って何時間も話し合っていたことがあったが、話題はいつも株についてであった。

八十三歳の今も、父は老けていない。

「株は老け予防になる」

と男の人は言っているが、本当にそうなのかも知れない。

お父さん、いつまでも株を持って楽しい夢を見続けて下さいな。

私は、お父さんのような株主になるのが夢なのですから。

昭和六十二年三月一日

父は、三月十五日に逝った。

八丈島のおじいさんと牛

一

昭和十九年、大東亜戦争の戦況は次第に悪化の兆しが見えてきた。父は村の役職が重なり、家にいることが稀な人だった。

ある日、浅沼さんという人が訪ねて来た。彼は牧場経営者で、私は初めて見る人だった。

「国の命令で八丈島の住人全員が強制疎開になり、その中にとても懇意にしていた人が狛江村の施設で雑居生活をしている。年寄夫婦でその生活がとても可哀相で見ていられない。どこでも良いから他の所に移してあげたいので、今日はお願いに伺った訳で、この家のどこかに住まわせて欲しい」

との話をされた。

父は頼まれるといつも乗ってしまう。

「どこでも良いと言われてもこの家に一緒に住むことは困る。物置小屋は物が入っているので鶏小屋が空いているけど、あんな所でよければいいですが」

二人は屋敷の東はずれにある鶏小屋を見に行った。

「ここは広い。長いこといる訳ではない。三か月ほどと思うので住まわせてください」

話は直決、八丈島出身の浅沼さんは帰った。

農家の敷地は広い。私達の住まいの東に井戸があり、少し離れて外の便所、その東に豚のいない豚小屋、そしてその東に大きな鶏小屋がある。北側は一面に竹藪が広がっていて薄暗い。

この鶏小屋には五、六十羽の鶏がいたのだが、ある朝、小屋にイタチが侵入し、その被害がたび重なり、残った鶏を別の場所に移したので、その後使用せずそのままの状態になっていた。時が経っても鶏の匂いは消えなかった。白い毛もまだ床に落ちている。

八丈島のおじいさん夫婦が四、五日中には越してくる。夏休み中で父は私に役場に出かける時に言いつけた。

「いくらなんでも人が住めるように掃除しておいてくれ」

私は女学校一年、東京に敵機が飛来し始めていた。若い男性は兵隊に出征し、娘達は近くの軍事工場に徴用に取られ、我が家は使用人のいない生活をしていた。

母と二人で鶏小屋の掃除。板の間に水を流し、洗い、そこに倉から新しい筵《むしろ》を持ってきて敷き詰め、その上に使い古しのうすべりを広げた。

三日ほどして八丈島のおじいさん夫婦、その孫娘が一緒に荷物をリヤカーに積んで引っ越してきた。

娘さんも一緒に来て手伝っている。屋敷の東はずれの鶏小屋は年寄夫婦の大きな声で活気づいた。同じ日本人、同じ東京府の人といっても八丈島の言葉は何を話しているのか私達には全然通じず、年寄同志は大きい声で喧嘩しているように聞こえる。

電気を引いていない小屋に灯油を入れ、昔使ったランプを持っていく。夏のこと、大きい蝿が飛びかっている。屋根から蝿取り紙をぶら下げてもらう。おにぎりを差し入れる。

朝、井戸端に顔を洗いに行き、

「おはようございます」

初めての挨拶だった。

女の娘の名前はつるえさん、私と同い年だ。手伝いで来た女性はふくちゃんで娘さん。

おじいさんは十時頃、鎌を貸して欲しいと見えた。そして屋敷内の茂った草を刈り始めた。

つるえさんが井戸で白いお米をといで小屋に持って行く。そして七輪でご飯を炊いていた。私達は麦の入った御飯だが、八丈島の人達は白米の御飯だった。八丈島で牛を飼っていた話を聞いた父は、

「おじいさんの暇つぶしに牛を買ってあげよう。何もすることがなくては気の毒なので」

そして例の浅沼さんに頼んで牛を買うことにした。

二

「今日、牛が来る」

朝食時に、父が言った。その日の午後に馬喰《ばくろう》の浅沼さんに綱を引かれて大きな大きな白い体に黒い模様のある牛が門からの石畳を避け、土の上をゆっくり、ゆっくりと歩いてきた。東久留米駅近くの場所から三キロも道路を途中二度休みしてきたというのでは、牛も喉が渇いたのだろう。バケツに入れた水をゾーゾーと音を立てて一気に飲み切る。そして屋根の低い小屋に入った。その後敷藁の上にザーと音を立てて、滝のように尿をした。太い尾を右に左に振って背中に留まる大きい蝿を払う牛。そしてモーと啼いた。大きい目の玉、二本の太い角、鼻の穴も大きい。

恐る恐る見ている私達に浅沼さんは言った。

「牛は体が大きいが優しい動物なので、鼻面の上をこうやって撫でてやると喜びますよ。やってみてください」

大きい目を気にしながら、遠くから手を伸ばして鼻面を撫でると、牛は顔を近寄せてきた。大きい目が私を見ている。

この大きな牛がこの日から我が家の一員に加わった。

三

牛が来た。八丈島のおじいさんは次の日から牛の世話を始めた。その頃我が家の敷地内は、東わきが草むらになっていて、おじいさんは草刈りをしては牛に食べさせていた。我が家に来たホルスタインのこの親牛は、出産後半年経った牛で、牛乳は一升くらいしか出なかったが、若いつるえさんが乳搾りをしてくれたので、朝食時に全員牛乳を飲むことになった。

「乳搾りは女の人の柔らかい手が向いている」

とのことで、時々見える娘さんも乳搾りをして帰って行く。

細面で上品な顔立ちのおじいさんは、口数は少ないが一家の長で、牛を交えた仲の良い家族で、鶏小屋の住居にも不平を言わず、木の盥《たらい》で時々身体を洗う水浴をしている姿も見られた。おじいさんは牛に向かって、

「ほーら　ホーラ　ドウドウ」

と牛と話し合う毎日が始まっていた。

四

東京上空に時々敵機が飛んでくる。そんな中にもかかわらず、八丈島の人達は島に帰還の許可が出た。

大喜びの八丈島の人達。あっという間に船に乗り、引き揚げていった。八丈島は空襲に遭わないのだろうか。

内地に疎開したのは軍が島に高射砲部隊を作るためだったのだそうだが、その必要がなくなったからで、私達はそんな中でも戦況の悪化を知らなかった。

別れる日、夕食会を共にした時、娘さんのふくちゃんが八丈ショメ節を唄ってくれた。その上手なこと。彼女が八丈ショメ節の名手だったことを知った。

我が家に残された牛の世話が父のほか、兄と私にまわってきた。兄は牛の寝藁の取り替え役、私は牛乳搾り。牛は乳を搾らないと乳房炎になってしまう。朝一回の乳搾りをして学校に出かける生活が始まった。

私はこんな仕事をして牛の匂いのついた身体で学校に行くのが嫌になり、泣きながら朝起きる。牛の頭が動かないように柱に綱を結び付け、乳房をお湯で洗ってくれる父。また、蝿が来て牛が尾を振り回さぬよう、浴衣姿の母が団扇片手に牛の尻尾を持つ。その中で私の牛乳搾りが半年も続いた。そして昭和二十年八月十五日、戦争は終わった。

五

「たまには牛を散歩させてやれ」

父に言われた私は、牛を引いて初めての散歩を始めた。

手綱を引き、門を出た。砂利道を左に折れ、道なりにゆっくり、ゆっくり牛のご機嫌を見ながら、

「ドウドウ、ホーラ」

の声をかけ歩かせる。私より大きい牛の散歩、家を出て、やっと三百メートルの所で、道草を食べさせようと、持っていた綱を緩めた。その途端、牛はクルリと向きを変えて一目散に走り去った。その速いこと。全速力のスピードで牛は逃げて行き、見えなくなった。

時々牛舎で鼻面を撫で可愛がってきたと思っていたのに、一気に逃げて行った牛。

「牛に嫌われていたのかな？　あの調子では遠い所に行って見つけられないだろう。父に何と言おう」

私はとぼとぼと家に向かった。牛を探すのは大変なことだ。

門を入り、五、六歩歩いた時、

「モー」

と牛の啼き声が聞こえた。

「牛が家に帰ってきている」

私の胸のつかえは一気に引いた。逃げた牛が私を迎えている。

私は急ぎ牛舎に向った。

あの大きい牛が、狭い小屋に自分から入って、平然と私を迎えている。大きい丸い目は私を優しく見ていた。

「散歩が嫌だったの？」

私は牛に語りかけながら、鼻面を撫でた。

大きい目が悠然と私を見ている。

小さな牛舎でも気に入って、ここが自分のいる場所、と知っているこの牛。

白い体に黒の斑点のついたこの大きい牛が今まで以上に可愛く思えた。

「ドウドウ、ホーラ」

と話しかけ、鼻面を優しく撫でる私だった。

六

「欲しがりません。勝つまでは」

を合言葉に、日本人一人残らず戦うことを教えられ、神風の助けを頼り、一億一丸となった思いも空しく終戦の日を迎えた。

東京が大空襲を受けているのに、戦争に負けたことが信じられない私達。マッカーサー指令により、父が公職追放の立場に立たされた。農地解放も行われ、財産税も取られ、裸一貫になった我が家は、筍生活同様に一変する。学校の制度も六三三制になった。

家族の事情で学校に行けない子供を引き取って欲しいと頼まれると、父はまたも引き受ける。男の子二人、女の子一人と寝起きを共にするようになった。軍隊帰りの職なしの男も転がり込む。

父と畑仕事をする。男の子の二人の小憎達が牛の世話もする。そのため私は牛から遠のいて学校に行けるようになった。

東久留米の村はその頃から酪農が盛んになり、多くの家で牛を飼うようになった。

牛が乳房炎になったり、飼料の与え方で体にガスが発生して治療したり、そのたびに馬喰《ばくろう》の浅沼さんを呼んでいた。子牛も生まれ、運動場も作ったり、子牛に手を使って乳を飲ませたり。小さい牛はまた格別に可愛い。学校から帰ると子牛を見に行く。懐いた子牛は私を見ると啼きながら近寄って顔を上げて、ぴょんぴょん跳ねながら走り回る。

八丈島のおじいさんのお蔭で牛を飼うことになったのだが、主人が一生懸命でないと長くは続かないのだろう。私が学校を卒業する時には牛はいなくなっていた。

それでも村では酪農組合もできて牛乳の出荷も盛んになり、獣医が飛びまわる時代になった。父の公職追放も解除され、村の役職にと声がかかり、屋敷の東側は静かになった。

七

学校を卒業した昭和二十六年の夏、八丈島のおじいさんを訪ね、一人島に渡った。大声で話をしていたおばあさんは亡くなっていた。同年齢のつるえさんはもとより親戚の大勢の人々に歓迎を受け、大賀郷、樫立、末吉灯台と近所の人の持つトラックの荷台に乗って、大勢での一日旅行は忘れられない。現地の青年から東京のお嬢さんとお話をさせて欲しいと追いかけられ、そして、氷水をご馳走になったのだが、おじいさんに叱られ、三原登山はマムシに噛まれたら大変と禁止令。

底戸の海での水浴、黄八丈の染め元を訪れたり、庭の小屋にあるドラム缶風呂に入る経験もした。

別れの日、私の手作りのカレーライスでの送別会には、大人も子供も大勢の人が集まり、そして三根港まで送ってくれた。

「またおじゃれよ、またおじゃれよ」

と別れに投げたテープが切れるまで大声で叫んでいた。

夜になるとギターを持って遊びに来ていた青ヶ島出身の青年は、約束通り一人離れた岩壁に立って、白い布を振っていた。私は涙が止まらず、泣きながら別れを惜しんでいた。

おじいさんと牛のお蔭で貴重な思い出の旅を味わった。素朴な島の人々からの絵ハガキやお手紙が宝物に思える一人旅の八丈島。


時が流れ、平成二十七年、都老人会の役員研修旅行で、偶然にも八丈島の人と同室になり、おじいさんとつるえさんのことを知ることができた。文通も始まり、電話も通じ、またの逢瀬を楽しみにしていたのに、夫も亡くなり、一人で民宿業を続けていたつるえさんが急に病気で息子さんのいる東京に身を寄せることになり年賀状も絶えた。

碧くきらきら輝く八丈島の海と、しだの茂る緑の島を訪れてからもう七十年も経っている。

若き日を想い出し自分を振り返る。

余生の日々も少しずつ変わりながら去っていく。

平成三十一年三月

トイレ雑感

一

七色の海水と、ワイキキの浜辺、そして浜辺から眺められるダイヤモンドヘッドや、プルメリヤの香り漂う憧れのハワイに飛んで行ったのは、昭和五十二年五月であった。

私達百人余のコーラス団は、ホノルルに建設中の日系二世、三世のための老人ホーム建設資金援助の一つとして、チャリティーコンサートを開いて欲しいとの要請を受けた。

サラリーマンの奥方が大半を占める団員一行は、皆、なけなしのお金をはたいた海外旅行なのである。ハワイは、世界中で一番泥棒が多い所と私達は聞かされ、出かける前に自分の小遣いは、腹巻風の金入れを使用するとよいらしいなどと話し合っていた。これなら気楽に歩ける。

コンサートも、老人ホーム慰問も、好評のうちに終わった私達は、三三五五に別れて、想い想いの見物に、ショッピングにと出かけた。

商店のトイレは使ってもチップは必要ないのが普通である。百人からいる仲間なので、ホテルの近所ではやたらと仲間に出逢う。初めての海外旅行なので、一人では街を歩かないようにと幹部の人から指令が出ていた。事件が起きては困る。気楽に買物ができて、しかも品数が多いのは免税品店であった。

少ない小遣いを有効に使うには、あれこれと見くらべるので、やたらと時間がかかる。トイレに入ると別のグループの人に出逢う。そして気楽な情報交換の場所になった。しかしそれだけではなかったのである。買物が定まると大方の人は、トイレに駆け込むのだ。腰に巻いているお財布入れから必要なだけのお金を出しに行くためにトイレで笑い声が湧き上がる。店員さんも心得たもので、のんびりと待っていてくれる。日本では考えられないトイレの利用法であった。そんなにして買った品物を、床に置いたちょっとのすきに、持ち逃げされた人もいた。

トイレが笑っていることだろう。

二

台湾旅行を想いついた。

戦時中に、台湾人を一人預かったことがある。その方のお兄さんは、日本に医学の勉強に来て、ひょんなことから私の父と知り合いになり、弟を預かって欲しいと言われたのが始まりであった。

「台湾は、食事がとても美味しい。そして住みやすい所なので是非とも一度遊びに来てください」

と、その弟さんが話されていたのを思い出した私は、昭和五十三年の夏、あるツアーに申し込んだ。

台北から列車に乗り、三時間くらいして台中に着いた。列車の中では、中国風の大きな蓋つきの湯飲みに、なみなみとウーロン茶のサービスを受けた。夏の真盛りの七月のこと、有難いもてなしであった。私は車窓の景色が珍しく、また、客車係の若い男性との楽しい雑談のために、列車内でトイレを使うことも忘れてしまい、台中駅に着いてしまったのである。

観光会社の人の計らいで、私達一行は、気軽に車に乗れて出発できるようにと、裏側の静かな駅の出口に案内された。ここから車で三時間もかかるという日月潭という景勝地に向うのだ。

そうだ。車に乗る前にトイレをすませておこう。

「ガイドさん、トイレはどこにありますか？」

私は尋ねた。日本語の上手な五十歳過ぎの男性のガイドは、

「そこを曲った所にあります。あまりきれいではありませんけど」

きれい、汚いは問題ではない。私は急いでトイレに向かった。日本と同じ建て方のトタン屋根の貧しいトイレだった。

中に入ろうとした時、薄汚れたサロンエプロンを掛けた肥った老女が目に入ったが、気にも止めず急いでドアーに手を掛けた。そのとたん、老女は急に私の前に来て仁王立ちになり、何か言った。しかし私には言葉は通じない。

何だろう。

今度は隣りの戸に手をかけ開けようとしたところ、またも進んで来て立ち塞がるのである。こんな汚い所で、気持の悪い人に意地悪をされていると思い、私は困り果てた。

「中にはどなたも入っていませんよ。私はここで良いから使いたいんですの。どうして入ってはいけないのですか?」

私は恐ろしさも加わり、真剣になって大きな声で日本語で言った。老女は何か言った後で、三十銭という言葉が聞こえた。

その時になって初めて、これはチップの要求であったことに気が付いたのだ。私がお金を払うと、汚れたエプロンのポケットにお金をしまい、今度は黒い汚れた袋の中から四つ折りにした落し紙を出して手渡してくれた。これは昔、日本でも使っていたガサガサした灰色の安いチリ紙で、最近では見たこともない紙である。とても不潔に思えた。急いで用を済ませ戸を開けると、手洗いの場所を教えてくれる。水道ではない。これまた日本でも昔使っていたブリキ製の水入れで軒先に下げておく手洗いであった。手洗いを済ませ放免となった。私がお礼を言うと、老女は顔を上下に振りながら、にこにことした笑顔で送ってくれたのだ。

車に戻り、この経緯《いきさつ》をガイドに伝え、時間をとらせたお詫びをしたところ、

「十銭で充分だったんですよ」

と教えてくれた。その後、一緒に仕事をしていた台湾人に中国語で話し笑い合っていた。私は台湾でのチップの額をまだ知らなかったのである。日本と台湾では貨弊価値が違う。外国旅行ではそのお金の計算が大変な仕事だ。のほほんとしていた私は、まさにあの老女にしてやられたのだった。

台湾でチップを払うことなど考えてもいなかった私は、以後トイレの用事の時は小銭の用意をすること、と頭に書き込んだ。しかしそのことがあってからというもの、良心的な我がガイドさんは、私の要求の時は事前にトイレ番に話をつけてくれたので、以後の台湾旅行中はトイレのチップは払わなくて済んだ次第であった。

海外旅行の問題点の一つになっているトイレのチップのことは、話では聞いて知っていたのに、本当に不覚の至りであった。時間で言えば六、七分とも思える短いものだったのに、たった一人で出会ったあの時の恐ろしさと、緊迫感の交った動悸の高なりは今も忘れられない。

三

ロンドンのヒースロー空港は、多くの航路が集まっている。そのために空港の待合室では、世界各国の人と、民族衣装にお目にかかれる。椅子に腰掛けてのんびりと行き交う人々を観察しているのも楽しいものであった。

昭和五十四年七月、私は北欧からオーストリアを回って美しい景色と、豊かな生活様式を味わい、満ち足りた思いだった。

ゆったりとした足どりでトイレに向かった。中に入って一瞬足を止めた。美しく化粧した女性が私を迎え入れてくれたのである。

ピカピカに光る鏡と洗面台が並んでいる。トイレはどこだろうと見回した。奥の方にドアがある。私が美しい女性の方を見ると、彼女はにこにことうなずいて、あちらですという表情をしている。中に入るとドアがたくさん並んでいる。すみずみまで掃除が行き届いている。感心の想いで用事を済ませ出口のドアを押すと、例の女性が私を待っていてくれた。石鹸液の出し方、水の出し方と教えてくれる。言われる通り手を洗い、ハンカチで手を拭こうとしたところ、

「ノオ、ノオ、ノオ」

の声とともに、私を抱き込むようにして別の場所に連れて行く。そして、自分の手をそこにある機械の前に差し出して見せた。私が真似をすると、自動的に温風が吹き出て濡れた手はあっという間に乾いてしまった。すぐ隣にロールタオルも用意されていたのに、その女性は私にとって新兵器の温風乾燥機の使い方を教えてくれたのである。私は緊張感もほぐれ笑顔が浮かんできた。そして、

「サンキューベリマッチ」

と頭を下げずにはいられなかった。

この女性の仕事に対するサービス精神は大変なもので、私に別の出口まで教えてくれる。そしてまたいそいそと汚れてもいない洗面所の鏡を、キュッキュッと磨き立て始めたのだ。

半袖ブラウスに、スカート、美しい化粧、胸にはネックレスも付け、指には指輪まではめている人が、トイレの掃除人とは想像もできないことだ。明るい表情と、きびきびとした態度での応対は、

「この化粧室は、私がより美しく磨き上げている素敵な所なの」

と自信を持って人を迎え入れながら生きている姿に見えた。

私は爽やかな想いでロンドン空港を飛び立った。

四

セーヌ河は静かに流れている。

河岸に建てられたホテルに泊まった私は、朝の散歩を始めた。エッフェル塔までは四十分くらいはかかるとホテルのフロントボーイが教えてくれたからである。

五月のパリは、どんよりと曇っていた。上衣を着ているのに肌寒く感じられる。川の中州を利用して

できている散歩道は、犬を連れた人や、ジョギングをしている人が行き交う。

ポツリと雨が落ちてきた。私がショルダーバッグの中からレインコートを出して着ようとした時、背後から着せ掛けてくれた人がいる。見ると労働者風の老人であった。私の御礼の言葉を軽く受け流して、この人はさっさと先を歩いて行かれた。

女性に対するあたりまえのマナーです。

と、その背中は語っていた。

川を下っていく遊覧船の中からは、旅行者らしい外国人がこちらを見て手を振ってくれる。ゆうゆうと川を下る船までゆとりを感じさせてくれるのに、私はエッフェル塔を目指して急ぎ足なのだ。

朝の通勤時間帯なのだろう、地下鉄の駅入口に人々が吸い込まれていく。流れに逆らい車道を横切って少し行くと、やがて広場に出た。と、その芝生の上に大きな足を延ばして、エッフェル塔は私を見下ろしていた。

犬の散歩をしている若い女性の服装がとてもシックなスタイルだった。人影は少なかったが、植木屋らしい人達が街路樹の手入れをしていた。可愛らしい実をつけたスズカケの木の小枝が散乱していた。小さな子供がそのうちの一本を大切そうに拾い上げて、持って行った。街路樹の小枝は次々と剪《き》られ、太い幹から拳骨を突き出したような形にされていく。毎年春がくると、これが繰り返されているのだろう。いくつも瘤《こぶ》ができている。この広場は実にのんびりとした光景であった。

ここまで来て、私はトイレを探した。すれ違った人に尋ねたら、交番で尋ねるようにと交番のある方角を指差してくれた。交番を見つけ、お巡りさんに片言にもならない英語の単語を並べたところ、それでも意味は理解したらしく地面を指して下に潜るのだと教えてくれた。

あたりを探したら、あった、あった、日本の地下鉄の入口のようなのが。

しかし、こんなに人影の少ない公園の片隅の地下に入って行くのは不気味である。悪い人にでも出逢ったら私は日本に帰れなくなってしまう。私は迷った。

その時、頭に浮かんだのは、コーヒーショップに入って何気なくトイレを使わせてもらう方法を添乗員さんが教えてくれたことだった。そうだ、コーヒーショップを探してみよう。私はまた歩き出した。

迷子にならぬように注意しながら、アパートなどの建ち並ぶビル街を右に左にと折れていくと、それらしい店が見付かった。カウンターには男性客がずらりと並んでモーニングティーを飲んでいる。立ち止まり、暫《しばら》く躊躇《ちゅうちょ》していたが勇気が出ない。仕方なくまたもと来た道を辿《たど》り歩いた。

果物屋の店では、今朝採れたいちごが山積みされている。それを主婦達が目方買いをしている。もしかして、ここでトイレを貸してもらえるかもしれない。私は七、八粒の大きい粒のいちごを選び計ってもらった。しかし買物はできてもトイレを借りたい私の言葉は通じないのだ。言葉の話せない惨《みじ》めさを味わいながら苺の紙袋を持って、エッフェル塔の建っている公園に戻った。

勇気を出して地下に降りて行った。そこには空色のワンピースを着た女性が一人、さりげなく立っていた。怖《お》ず怖《お》ずと、

「グッドモーニング」

と声をかけてみた。女性から笑顔が向けられたと同時に、女性用のトイレの入口を案内してくれたのである。チップを渡すと、ペーパーが渡された。

「私がここにいますから、安心してごゆっくりお使いください」

との仕草である。掃除も行きとどいている。石鹸も新しい。髪を整えるように洗面所に連れて行ってくれる。私は心から嬉しくなって足どりも軽く動き始めた。チップは無駄に取らない、それだけの価値がある。彼女は階段を登り始めた私に手を振って送ってくれた。

これで、私はゆっくりと街を見物しながらホテルに戻れるのだ。花のパリを一人歩きできた私は、雨に濡れたベンチを紙で拭い、ハンカチを敷き、腰を下して、買ってきたばかりの苺を一人で心ゆくまで味わって食べたのである。雨はいつしかあがっていて、五月のパリの朝は清らかであった。

昭和五十六年の五月のことである。

五

姑と義妹と私の三人は、時々誘い合い外食をして楽しんでいた。

ある時、新しくできた京風手打うどんの店に行ってみようと話がきまった。出かけてみると、入口には大きな水車がまわり、絣の着物を着たお給仕さんが待っていた。私達は、特別メニューのうどんすき定食ときばった。

ガスコンロ付きのテーブルを囲んで雑談が始まる。

姑は昔語り、義妹はお料理が好きな人なので、出された料理の研究や器の批評、私は旅行の話など。その上、歳を重ねても勉強家の姑によるテレビから得た新しい話題も出るので、三人の女の話はいつも尽きない。その日も初めは正座していたが、いつしか膝も崩れ、果てはしびれ始めた。

「ちょっと立とう」

私はトイレにと失礼した。矢印に添って歩いて行くと、店の隅と思われる所に「右男性用」、「左女性用」と書いてある。当然、女性用に向かう。そこは少し変わっていた。四角な部屋を斜めに立つようにできている。そして、前方は床の間風に小さい畳が敷かれ、その上に福の神なのだろうか、一対の人形が置かれ、後ろには掛軸まで下がっている。そして小菊も活けてあった。側面は、植木、下草のほかに燈籠、蹲《つくばい》が置かれ、囲りには白砂利も敷きつめられて、茶の湯を想わせる庭造りであった。

京の昔人は、不浄な場所にもこのような心配りをしていたのであろうか――。心にくいばかりのこの設《しつら》え方を見た私は今まで知らなかった日本の美しさを改めて教えられた思いであった。

姑も義妹も、辺りの人に気付かれぬように代る代る、

「では拝見」

と席を立ったのはもちろんであった。鍋の中に残された太目のうどんも踊っていた。

六

私が小学校入学前だったろうか、奥の座敷の西北の角に新しいトイレができた。

新し物好きの父は、何でも新しい物に手を出す人で、このトイレも新しい設計のもとに造られたものだった。

農家のこと、汲み取り式のものだが、変わっているのは便槽で、最初に第一の便槽に溜まった汚物が次々と移動して、第二、第三の槽にと流れていき、最後の槽にいくまでには、人糞は完全に腐敗して手間をかけずに直接畑の肥料として使えるようになる、という構想であった。

新しいトイレを造るのに、近所に住んでいた為さんこと野崎為造さんが、暑い夏の日、汗をびっしょ

りと流しながら柱にする材木に鉋《かんな》をかけていた。長く連なった鉋くずを拾って首にかけて吹き流しのようにして走りまわったりして遊びたくて、為さんの側にまつわりつき、祖母に、

「危ないからそばに近よってはいけないよ」

と、注意をされても、また近寄って鉋くずを拾っていた私だった。

為さんは肥っていて、白い晒木綿《さらしもめん》の腹巻をしていた。その腹巻は毎日取り替えられ真白だった。気持ちの優しい為さんが私は好きだった。まだ若く一人前にはなっていなかったのだろう。父が、

「便所ができるようになれば大工も一人前だ」

と言っていたところを見ると、為さんはあの時は二十歳前後の独身だったのだろうか。

木の香の漂う広々とした明るいトイレが出来上った時、私達はとても嬉しくて、トイレの近くの奥庭に筵を敷いては、おままごとをして遊び、用もないのにトイレに出入りして手を洗い、幼な友達にお披露目をしたものだった。

昔々のことである。

我が家おかかえの大工、為さんは三十代の若さで亡くなったが、そのご長男が今では立派な棟梁となって後を継いでいる。

新しいトイレは、農家には似合わないタイル張り、壁はクリーム色の漆喰《しっくい》、瀬戸物の洗面台も据えられ、明るい美しい場所に変わった。

「新しいお便所を使ってもいい？」

と何回となく父に聞き、私達は使用開始を心待ちしていた。

ところが、トイレが出来上がってから気付いたことに、電気工事が成されていなかったのである。今ならどんな所にでも電気は引けるのだが、当時のこと配線が大変だったのか、とうとう電燈のないトイレになってしまった。母に指摘された父は、

「これは失敗した、気が付かなかったな。今からでは壁もあんなにきれいにできてしまった所を壊さなければ付けられないし、折角のトイレが汚れてしまうし——」

と言って、あれこれ考えていたようだったが、結局は、そのままになってしまったのだ。

電燈の付かないトイレは夜ともなると真っ暗である。明治の始めに建てられたこの家は広くて、一番奥の端にあるトイレを使うのにはなかなか勇気がいる。いくつもある使われていない部屋の電気を点けて行くにしても、電燈のスイッチを引く紐を捜すのにも一苦労な上に、トイレまで明りが届かないのだ。懐中電気を持って廊下を照らして行けば行けるが、家の中でも途中が不気味なので、姉妹が二人連れ、三人連れでトイレ行きとなる。そのために、夜はできるだけ行く回数を減らす工夫をする。お互いに我

慢をするので、ぎりぎりの線までくると、

「お便所に行きたい！　誰か一緒に行く人いない？　誰か一緒について行って！」

と叫ぶことになる。姉妹だからといって気持よく行ってくれるとは限らない。そんな時は強制的に行ってもらうほかない。

何しろ、この家は近所が遠いだけでなく竹林と大木に囲まれ、夕方になると梟《ふくろう》がほーほーと鳴き始め、狸《たぬき》も出てきそうな所だ。鼬《いたち》がきて朝になって見ると鶏がやられていたりすることはたびたびなほどの屋敷内である。道路から玄関までは長く、庭の真ん中に立っている外灯の光も倉や大木に遮《さえぎ》られて門までは届かない。

そのために、お友達と夕方遅くまで遊んでしまって家に帰る時などは、門から玄関までの間を恐ろしさに息を止めて、一目散に走り込むといった状態だった。それほどの孤立した家なので、怖がり屋の私はトイレの窓から恐い人でも現れそうな気がして、ゆっくりとおだやかな気分などではいられない。

トイレの外で待っている連れの人に何かと話しかけて、相手の存在を確めていなくてはいられない。連れの人が明りを照らしてくれている時は安心できても、光がそれてしまうと中は真っ暗闇なのだ。乾電池が切れてしまった時はローソクを使って、そろり、そろりと行くのだから大変だ。何かの拍子にローソクの炎が消えてしまうこともあるし、炎が振れるたびに気味の悪い想いになる。

外で待つ人も、待たれる人も不安この上ない。共に恐ろしさを堪えているので、二人が用事を済ませると、決まって二人とも廊下をばたばたと音を立てて走り帰る。

家の中のトイレが使えなくなった時があった。頭で考えた設計のトイレは、水の使い方が少ないと詰まってしまうので、水を流して落ち付くまでは使用禁止になってしまうのだ。

夜、外のトイレはまた嫌なものだ。家の中のトイレほど真っ暗ではないが、猫や犬が通る足音が聞こえたりすると、胸の鼓動は止まってしまいそうだ。息もできない。私は使用人の作男に見張り役を願った。寒い冬の夜、炬燵から出て家の外で待っているのは人のためでは男とて嫌なものに違いない。少し時間がかかると、

「悦子さんまだなの？」

と声がかかる。

「もう少し、もう少しなので待っていて！　待っていて！」

下着もまともに上げないで飛び出したことも何度かあった。

女中に頼むと、困ったことに家の戸口から外に出てきてくれないので役に立たない。

家も大きく、屋敷の広い家は臆病者の私は嫌いであった。小さな、こぢんまりした家ならトイレに行く時の怖さも少なくて済む。

家を建てる時は是非とも怖さの感じさせない所にトイレのある家にしたいと思い続けていた。

七

昭和三十四年十一月、私達は、結婚五年にして自分の家を建てた。

主人と私が希望を出し合い設計しているうちに、家のほぼ中ほどにトイレが収まってできた家なので、夜も安心して一人で使える。囲りは畑だったので暗くもない。この中で、新聞や本を読む主人のために、どこよりも明るい電球をつけた。男女別々なので気兼ねなくゆっくりとできる。

私は初めて怖さのないトイレをものにした。

トイレは大小の用達しの場所だけと思っていた私は、ある時から考えを変えたのである。

結婚して男女別々の家庭で育てられた二人が一つ屋根で暮らす。それに子供が加わると、さまざまな考えと行動が出てくる。夫婦とて気まずいこともある。そんな時、私はいち早くトイレに逃げ込むことに決めた。

小さな部屋は、私一人きりの場所である。便器に腰掛けて顎に両手を当てて目をつぶり三十分、一時間とたつうちに、心の荒れも収まり、冷静な気持で事を見詰め直し、行動ができる姿勢が生まれてくる。そればかりではなく、ある時は、悲しみのための涙を隠す場所になり、ある時は、喜びを壁に向って語りたくなる時もあり、仕事の予定を立て直す場所になったり、一日の反省の場所にもなる。また病気を発見することもあり、自分の表情を確かめたり、身だしなみを整えたり、詩吟、民謡の発声練習の場所と変わり、新聞折込みを見て買い物を選んだり、この小さな身動きのままならぬ部屋が、さまざまな役を果たす。不浄な場所などと言ってはいられないことに気が付いた。これからは快適な場所にしなければ損である。

去年から畑に植えて育てた小菊を活けてみた。クリーム色の壁に桃色の花がよく合い、明るい温かい空気が流れ始めた、トイレの中から桃色の人生も創造できそうだ。

我が主人は、朝から新聞を持って二階のトイレ、下のトイレと場所を変えては、ひとときを楽しんでいる。

二

悦ちゃん

皇后様のお誕生日は三月六日で、昔は地久節《ちきゅうせつ》と呼んで天皇誕生日の天長節と同じく国旗を立てる祝日とされていた。私はこの地久節の日に生まれた。

賑やかなことの好きな父は「悦《よろこび》がたくさんある娘になって欲しい」という願いから「悦子《えつ》」と名付けたそうである。

父が、悦子という名前の人はこの部落には一人もいないと自慢していたのも束の間で、私が小学生の時には近所に三人も同名が増えてしまった。

当時、スケートの女王として有名な稲田悦子という人がいた。小学校二年生担任の石田さよ先生は、

「スケートの悦ちゃんと同じ名前なのね」

とおっしゃってから、

「私も背が小さいけど、悦ちゃんも小さくて可愛いのね。仲良しになりましょ」

と頭を撫でてくださった。

遊び時間には校庭によく出てきて、和服に袴姿なのに私達のゴム段飛びの仲間に入って遊んでくださ

った。

五年生になった時、都内から転勤になった大石初音先生もまた私を「悦ちゃん」と呼んで可愛がってくださった。

私はそれまで人々からきちんと「悦子さん」と呼ばれていたので、この「えっちゃん」という呼び方は軽々しい気がして、あまり好きではなかったが、先生の態度は常に私に対して母親か、お姉さんのような感じの接し方だった。先生のお声は本格的な声楽家の発声で、教科書にない歌曲をいくつも教えてくださり、厳しい中にも優しさのある私の大好きな先生の一人だった。

戦争中、自宅の庭先に落とされた焼夷弾の直撃を受けて即死されるという悲しい最後となった忘れ得ぬ恩師である。

女学生になった時、綽名《あだ》をつけて得意がる人がいたが、私はみんなから「悦ちゃん」で通ったので助かった。

もうその頃は、この呼ばれ方も好きになっていた。私はお人よしなのか、皆の人気物になり「悦ちゃん教えて」と言って数学のテストの前ともなると、私の机の前後には人の頭が重なっていた。またバレーボールの試合のかけ声も「悦ちゃん打って！」と叫ばれ、若い先生からも「悦ちゃんていい名前だなあ」と言われて、ほんわかとした気持ちであった。

私が結婚する一週間前に、分家で女の子が誕生した。次々と湧き上る仕事を楽しさに変えて、我が家の遊びをひとり占めしているような私を見ていたのだろうか、叔父さんは「名前だけでもあやかりたい」と言って、同じ名前をつけた。私は一目赤ちゃんを見たいと思ったが、忙しさの最中でそれもかなわず結婚してしまった。その子も良い娘に育ち、現在幸せな家庭を築いている様子を聞くと、嬉しい思いがする。

ある時、夫が言った。

「三月六日は啓蟄《けいちつ》といって、今まで地面の中でじっとしていた虫たちが、むくむくと動き始める日なのだそうだが、お前は面白い日に生まれたものだ。性格まで似ているよ」

良き名前をつけてくれた父と、佳き日に生んでくれた母に感謝の思いである。

騎馬戦

小学三年生になった。

分校では三年生は最上級生である。朝礼の号礼も三年男子級長の役目だ。運動場も気兼ねなくのびのびと使うことができる。急に背が伸びたような嬉しさだった。

四月始め、珍しく男子の転入生があった。都内から来たこの人は町田春彦といって、丸顔で可愛らしく、勉強ができる上に女生徒にも親切だった。

今まで級長の次郎さんを中心に動いていたかに見えた級の雰囲気は少しずつ変わってきた。

春彦さんは仲の良いのぼるさんと一緒に女生徒の遊びの中に加わり、ゴム段跳びや縄跳びもするので、女だけで遊んでいた時より楽しくなった。

ある日、昼休みの時間に男子生徒が騎馬戦を始めた。運動場を狭しと騎馬が走りまわるので、下級生や女生徒は校庭の隅に追いやられてしまった。

そのうち何を思ったのか、女子も一緒に騎馬戦をするように命令してきた。例の春彦さんと、のぼるさんの二人である。春彦さんはもう遊びのリーダーになっていた。

呼ばれた人は仲間に入らないと教室に入ってから男子に意地悪をされるので命令をきく。背の高い人は馬にさせられ、私は背が低かったこともあったのか上に乗る人に指名された。

春彦さんは馬の作り方、乗り方を教えてくれるが上手に乗るのはむずかしい。そして私は恥ずかしかった。

前一人、後二人の三人が作る馬で、私はその上に跨《またが》る。そして前の人の額に手をかけてつかまるが、馬が歩くたびに二本の腕の上に乗ったおしりがずれて体が傾いてしまう。額につかまった手は強くしがみつくので目のあたりに落ちてしまい、馬になった人は前が見えにくい。それもだんだん慣れてきたが、馬になった人の着物の衿ははだけ、哀れな姿になるので時々帯を締め直すことになる。

女生徒の騎馬が男子に交じって合戦が始まった。落とされないように校庭を逃げまわる。私の馬が相手に捕まり、あわや落ちる寸前に男子の馬に助けられた。また逃げまわる。私は大きい人におんぶされて逃げまわっているようなものだったが、男子と一緒に遊ぶのは楽しかった。

授業開始の鐘が鳴った。教室に入って椅子に座っていてもみんなの顔は紅潮して息使いも荒く、興奮状態が続いていた。三年の担任は女の森先生でいつも袴姿で学校に来る静かな先生であった。

「お休み時間は静かに遊んでください。いつまでも勉強ができなくなりますから」

と注意されただけだった。

遊び時間は思い切り遊びたいのに、静かに遊ぶとはいったいどんなことをして遊べというのだろうと、私は考えていた。

分校は一学年一級しかなく、みんな男女組だった。三年生はその後もたびたび騎馬戦ごっこをして遊んだ。そのためもあったのか男女とも仲が良かった。

ある雨の日、十分間しかない休み時間に廊下で騎馬戦を始めた。いつものように女子も加わっていた。狭い廊下で大声を上げ、足音もすごいので校舎の中央の教員室にははっきり聞こえる。

「こら！　止めなさい。雨の日でも校舎の中でそんな遊びをしてはいけない！　今そこで遊んでいた人は教員室に来なさい」

校長の本田弥五郎先生であった。お歳を召した白髪のこの先生に、修身を教わっていた。

運の悪いことに、私の父をよく知っておられて、

「あんたのお父さんは小さい体だったが、かけっこは誰よりも早く、頭も良くて六年までずっと級長をした優等生だったよ。とてもえらい人だった。あんたも先生の教えを守りしっかり勉強しないとお父さんに申し訳ないじゃないか」

とおっしゃって頭を強く押さえた上に、紙に名前を書かされたのだった。

その年の学期末、通信簿を見て驚いたことに操行の欄に「良」の字がついていた。

私は「あの時の騎馬戦だ」と直感した。通信簿を見た母は何も知らない。

「あら！　操行が良とはどうしたことかしら。女の子は普通「優」に定まっているのに不思議なこと」

と首を傾《かし》げていたが、私は素知らぬ顔で、

「遊びに行ってきまーす」

と大声をはり上げて外にとび出した。

西瓜

「夏休み中に、お父さんに連れて行ってもらいたい所を今のうちに二か所だけ考えておきなさい。その中で、これなら大丈夫と思える所を選んで連れて行ってあげるから」

昨年は江の島海岸で海水浴をしてきた。

二年も続けて行ったので、

「今年は山に行ってみたい」

と、私は言ってみた。

「山かー、山なら高尾山なら小さい「都《みやこ》」でも一緒に登れるだろう。それじゃ山にするか。山登りは大勢の方が楽しいから、だれかお友達を誘ってごらん」

私は仲良しの映子ちゃんを誘ってみた。一歳下の宣子ちゃんも一緒で、映子ちゃんのお父さんも行ってくれることになった。

七月二十八日、農家ではその日までに畑の草取りは終わらせるようにどこの家でも精を出す。そして、その日を「総合じまい」と呼んで休日になっていた。

高尾山行きはその日に決まった。

「汗を流して登った山の頂上で西瓜を食べると美味しいぞ。持って行こうじゃないか。悦子ならもう小さい西瓜なら背負って登れるだろう」

私は小学六年生であった。

父の提案で、当日西瓜一個と父の好物のメロン二個をリュックに入れ、私は背負って家を出た。三年生の妹の背負ったリュックの中にはお弁当のおいなりさんが入っていた。父は何も持たない。

白いピケ帽をかぶり、水筒を肩にさげ、学校の遠足の時と同じように嬉しいものだった。

駅に向って歩いて行く道中、背中の西瓜がごろごろと体に当たって痛い。そして重かった。映子ちゃんのお父さんは背が高くて、私と同じ西瓜をリュックに入れてきたが、軽そうに背負っている。私の背中を見て、

「これはちょっと無理じゃないですか。駅まででもけっこうな道のりなので、メロンだけでも減らせば軽くなりますよ。小父さんが持っていってあげましょう」

と言いながら、私のリュックの中のメロンを出して自分のリュックに入れた。

私は西瓜だけのリュックになった。

小平駅から萩山駅までの間を連絡する多摩湖線の小さな電車に乗った時、隣の座席にかけていた小母

さんに、

「大きいボールが入っているのかと思ったら西瓜がその中に入っているんですか、いい物が入っていますね」

と言われ、私は嬉しくなった。


山に登り始めると、背中の西瓜はずっしりと重い。早く食べてしまいたいと、何度思ったかしれない。しかし父は、

「山頂で食べるに限る」

と言って、山の中腹ではメロンを食べたのだった。

私は一緒に登っている子供四人の中では最年長で、お姉さんだ。他の人に代わってもらうことはできない。話をする余裕もないほど汗が流れた。

父が話していたように、山道は本当にじぐざぐと曲がっていて、一直線に登ったらどんなに早く登れるかしれないと思えた。

山門に立っている仁王様を恐がって急いで通り抜け、見晴台に行った。赤土に覆われた見晴台は平らになった場所で、そこにリュックを下ろした時、体が飛び上がるほど軽くなった気がした。

お弁当を食べた後、私の持って来た小さな西瓜を割ったら少し早目で種は白かったが、汗を流した後の西瓜の味は本当においしくて、一つでは足りず、映子ちゃんのお父さんの持って来た大きい西瓜を半分も食べてしまった。その時、近くで食事していた人達が羨ましそうにこちらを見ていた。私はもう重い西瓜を背負って登った時の苦しかったことは忘れて、

「西瓜を持って来てよかったね」

と皆に言った。

食事の後、子供達は近くに立っている木を利用して鬼ごっこや、隠れんぼを始めた。大人二人は荷物の番である。

「山では危いから走ってはいけない」

と、注意されてから遊び始めたのに、妹は急斜面を走って下り始めた。私達が「危ない危ない」と声をかけて下から見守る中を、妹の足は止まらず、なお勢いがつき駆け下りてくる。そして木の根につまずき、あっという間に一転し、頭から三メートルもある下の道に落ちた。そのとたん大きな声を上げて泣き出したので、付近で遊んでいた子供や大人まで集まってしまった。

妹の頭も顔も真っ黒で、口の中まで泥が入っている。幸いにも全身赤土の滑《ぬめ》りがべっとりと付いているだけで、怪我はなく、妹は話をすることもできた。

私は水筒の中に残っていた水で妹の顔を拭き、西瓜の食べかすを使って手足の汚れを落としてやった。妹の事故により、少し早かったが一同はケーブルカーに乗って下山し、浅川の河原に行った。

浅川はきれいな水が静かに流れ、水は浅く、河原には小さい白い玉石がたくさんあり、誰もいない広々とした所だった。川に入り、妹の頭と洋服を洗い、焼けつくように暑い河原の石の上で洋服を干した。

妹は元気をとりもどし、皆と遊び始めた。

暑い河原で、残りの西瓜をゆっくりと皆で食べ、夏休みの一日は終わった。

「子供を連れて行く山は、登りは良いが下りが危ないんだよな。注意しても聞かずにすぐ走り出すから」

と言って、父は以後一度も山には連れて行ってくれなかった。

63・6・19

爆撃

昭和十九年、私の通っていた女学校は、国鉄中央線武蔵境《むさしさかい》駅と、西武新宿線田無《たなし》駅の中間にあり、近くに中島飛行機製作所の大きな工場があった。

空襲のサイレンが鳴ると、生徒達は急いで防空頭布を被り、救急袋を肩に下げ、カバンを持って一斉に下校する。家庭に早く帰るのが一番安全という学校側の措置であった。私は女学校一年生だった。

その日もサイレンを聞き、同級生四、五人が一緒で急いで駅に向かった。駅までのほぼ中間地点に森がある。ちょうどその森にさしかかった時、Ｂ29の爆音が聞こえた。突然「ビューン」という風を切る音のあとに「ドカーン」と爆弾の炸裂する音がした。耳をつんざくような音だった。「私達が狙われている」そう思い、急いで雑木林の窪みのある場所に隠れて身を伏せた。

目と耳を指で塞《ふさ》ぎ、頭を低くした。土の固まりらしいものが木に当るのだろう。ばらばらと聞こえてくる。

みんな無言だった。

Ｂ29は三機ずつの編隊を組んで頭上を通り過ぎて行く。そのたびに大きな爆弾を落としていった。爆音と、炸裂のたびのドカン、ドカンという音。少し間をおいてばらばら、ばらばらという落下物の音を何度聞いたことだろう。

艦載機らしい小型の飛行機は機銃掃射をかけるらしく、機関銃を乱射する音が聞こえる。目と耳を長いこと両手でふさぎ敵機の去るのを待った。

友達は悲鳴を上げ、「助けて！」を繰り返し、最後は「南無阿弥陀仏」を唱え始めた。

どれほどの時間だったろう。三十分も続いたのだろうか。敵機は去り、静かになった。

みんなの顔は泥だらけになっていた。それでも怪我をした人もなく皆元気で助かったのは嬉しかった。

「今日のは中島飛行機がやられたのね。あれだけ爆弾を落とされたんでは全滅でしょうね」

と話し合った。

誰かが救急袋の中から炒った大豆を出して食べ始めると、みんなそれにつられて食べ始めたが、みんなの目は涙ぐんでいた。

「私達こんな時、一緒にいて助かったこと一生忘れないようにしようね」

一番背が低く、悲鳴を上げていた青木さんがみんなに指切りを始めた。

駅に向かう道すがら、敵機から電波防害のためにまかれたアルミ箔のテープが、畑のあちらこちらに落ちて、それがからまり、カリカリ、カリカリと音を立て、日光に照らされてまぶしく光っていた。

電車は運休になり、線路づたいにとぼとぼと私達は歩いて家に帰った。

翌日、学校に行くと幸いにも校舎は無事であったが、学校の広い農園や栗林の中に、爆弾の落ちた大きな穴があちこちにあけられ、校庭も恐ろしい大穴のために使用禁止の立札が立っていた。

それから暫くの間学校は休校になった。

終戦　八月十五日

「今日の十二時に、天皇陛下の玉音放送があって、日本人は一人残らずその放送を聞かなければいけないのだそうで、お昼のうどん作りを早目に始めるからそのつもりでお手伝いしてね」

母は私にそう言いつけると、板敷になっているお勝手に大きな板台を出してうどん作りを始めた。

毎月一日、十五日は農家では「遊び日」になっていた。遊び日には使用人は午後の仕事は休んで、お手当なのだろう、お金を渡されるとそれぞれどこかに出かけて行く。

私達子供も小遣いをもらって友達と駄菓子屋に行ったり、たまには使用人に映画に連れて行ってもらったこともある。その「遊び日」には決まってお昼の食事は手打うどんになっていた。八月十五日その日も遊び日で、私が女学校二年の夏休み中だった。

私はもみがらを燃やす専用の竈《かまど》に火をつけた。お釜にいっぱいお湯を煮立たせて母の手打ちの麺を茹で上げ、その残り湯で千切り大根と茄子《ナス》を茹でて、うどんの糧《かて》の用意をした。おつゆの出しの鰹節を削るのは妹の役目だった。

昼食の用意はでき上がった。父がお座敷からお勝手にラジオを運んできた。祖母を始め家族全員がラジオの前に座った。

十二時、天皇陛下の玉音が流れ始めた。そのお声はまるで台風の中のお声のように、とぎれとぎれで雑音が混じり、お言葉の意味は全然理解できなかった。

「お父さん、天皇陛下の玉音放送はなんだったの」

と尋ねる私に、父も、

「なんだかよく聞きとれなかったな、なんだろう。まあそのうちわかるだろうよ」

父までがそんな状態だった。

みんな不審を抱きながらお昼のうどんを食べた。

四時頃だったろうか、

「号外！　号外！」

鈴を鳴らしながら叫んで走り行く人がいた。門前に散った小さな紙片を拾うと、

「戦争終決、無条件降伏」

のちらしだった。

なんで戦争を止めてしまったんだろう。日本人はまだこんなにいるのに。あんなに日本人は一人残らず大人も子供もいなくなるまで戦うのだと教えられたのに。どこの家も竹槍を用意して、毎日のように

上空を飛んで来る敵機の来襲に愚痴も言わず、必死でここまで守ってきたのに。日本が負けたなんて考えられなかった。

「お父さん、日本は本当に負けたって言うけど、これからどうなるのかしらね」

「わからないなあ、アメリカ兵だって人間なんだからそんなに悪いことはしないだろうよ。日本人が負けて何にもしないってことがわかれば、人を殺したり、銃を向けたりはしないと思うよ」

「もしもアメリカ兵がこの家に来て何か奪って行くようなことをしたら、お父さんどうするの」

「その時は黙って持って行かせるんだな」

私は父の言葉が信じられなかった。そんなに父は意気地なしだったのだろうか。

空襲になるたびに、村役場にかけつけ、村内の指令に当たっていた人なのに、私は不思議に思った。村の中でもわりと大きな構えのこの家は、きっとアメリカ兵が襲ってくると思い、私はその時は押入れか蔵の中に隠れようと妹と相談していた。

戦争が終わったことは信じられなかったが、欅の大木に囲まれた我が家の広い庭から見上げた空は青く、その日は不思議にも朝から一機の飛行機が飛んだ様子もなく、本当に静かな一日だった。

戦争が始まってから我が家の使用人は一人、また一人と兵隊にとられて、男手はなくなっていた。女中すらいなくなり、私が生まれてこの方、初めて使用人のいない生活をしていた。病身だった母の手伝いは私と妹がした。風呂の水も、お勝手で使う水運びも二人の役目だった。

終戦から二年後、長い闘病生活の末、母は亡くなった。

八月十五日がくるたびに、終戦記念日といって騒がれるようになったが、私には家族全員が揃って暮らしていたあの時のお勝手で作ったうどん作りの光景が鮮明に蘇り、戦争中とはいえ、平和で幸せだった家庭が想い出されてならない。

盆踊り

早苗な――　早苗採る手も麦踏む足も
揃った揃ったよ踊りが揃った
揃った踊りがこりやえ――
さて　どっこい　どっこいさのせ
こりゃ　手も揃ったよ　さて
そ――れ　それそれ　とこどっこいせ

天神様の秋祭り、拡声機を通して盆踊りの曲は村中に響き渡った。いつも暗く静かな境内に提灯が下げられ、ローソクの灯が点《とも》された。櫓《やぐら》の四方に下げられた紙で作った花飾り、曲に合わせて打つ太鼓の響きに、心は躍り、落ち付かない。夜の外出を禁じられていた私たちに、父から初めて許しの出たこの盆踊り、兄妹みんな心が躍《はず》んでいた。

風呂上りの身体に母は子供たちに化粧をしてくれ、髪にこてを当て、巾広のリボンを止めてくれた。そしてその日までに縫い上げた花模様の着物を着せてくれながら、

「母さんは、夜風に当たると身体に悪いのだけれど、ほんのちょっとだけお前たちの踊りを見に行くね」

と言った。

妹と二人で天神様に向かう足取りも軽かった。兄は一足先に父の白絣のゆかた姿で出掛けた。そして櫓の上で、木曽節を歌っていた。

私は、太鼓の撥《ばち》さばきも上手で、踊りもうまい同級生の武夫さんの後について、踊りを覚えるのに一生懸命だった。

終戦直後のことで、どこの村でも盆踊りが始まり、村の若者達の唯一の夜遊びの場になった。隣の村からも大勢の若い衆が集まって来た。

「東京音頭」「木曽節」「炭坑節」「早苗なー」で始まる歌の踊りなど、次々と踊るうちに汗が流れ、顔の

化粧も落ち始める。輪になって見物する大勢の人の中に、一瞬、母の姿が見えた。

母が屋敷を出て子供たちの遊びに加わるのは例のないことだけに、「母さんが見に来てくれた」と思っただけで、盆踊りはこの上もなく楽しいものになり、夜の更けるのも忘れ、兄は歌い、私は踊り続けた。

私の部屋

小学生の頃、家では勉強らしいことをしなかった私が、女学校に入学してからは一変した。

その頃、中の間といわれていた六畳の部屋が、祖母と私の寝室であった。農家の部屋の造りは間仕切りの襖を開けると大広間になる便利さはあったがプライバシーを守るのは難しい。私は夜になると、お座敷といわれる居間の真ん中に机を持ち出して、勉強を始めるようになった。

七時頃から始める勉強は鉛筆を削り、ノートの整理をするだけで二時間は過ぎてしまう。何の用事もない祖母は、夕飯がすむと早々と床《とこ》に入るので、一寝入りして目が覚めるのが九時か十時だったのだろう。私がまだ隣の部屋で起きているのを知ると、半身を起こし襖のすき間から声をかけてくる。

「何時まで起きているのかい」

とか、

「身体にさわるから早く寝なよ」

「そんなに起きていると湯ざめして風邪を引くよ」

「今、何時だい」

と、五分刻みとも思えるほどたびたび声をかける祖母に、

「もう少しだからおばあさんは気にしないで先に寝ていて」

「綿入れを羽織っているから大丈夫よ、心配しないで」

「今十一時五分前よ、中間試験の前なのでもう少し勉強しておかないと寝られないの」

と、そのたびに私は返事をする。

身体が少し不自由になった祖母の庭の散歩や、入浴の手助けをしていた私に、祖母は何かと声をかけてくる。

奥の間で寝ている父母に、毎夜繰り返される祖母の声が聞こえぬはずはない。

ある日、父が言った。

「お前、二階の蚕室を勉強部屋に使ったらどうだ。掃除して茣蓙《ござ》を敷いたら使えるだろう。入口に障子を一枚立てれば風も入らないし、二階だから静かでいいぞ」

昔は蚕《かいこ》を飼い、生糸を作り、織《はた》をおり、それを売っていたというこの家も、戦争が始まってからは人

手もなく蚕どころではなかった。茅葺き屋根でできているこの家の二階は、板の間の大広間で、今は使うこともなく、雨戸も障子も昔のままであった。

蚕室は蚕を孵化《ふか》させる部屋で、一定の温度を保つようにするために、二階の一部を障子で囲い、内部と外側は何枚もの紙を貼り重ねた紙帳《しちょう》になっている。天井も床も紙が貼ってあった。風が雨戸の隙間から吹き抜けると、この紙帳が揺れてかさかさと音を立てる。私が二階の蚕室に入って蚕の孵化を見たのは五歳くらいの幼い時だったように思う。あれから蚕をやめて何年経ったのだろう。

父の提案で私は二階に上がって行った。未《いま》だに蚕の作る繭玉の匂いがむんむんとする。紙帳は埃だらけ、くもの巣がいたる所に張っていて、長いコードを丸めた裸電球が一つ天井の真ん中に下がっていた。

掃除をしてみよう。ここなら勉強だけでなく自分の好きなこともゆっくりできるかもしれない。私は掃除を始めた。頭に手拭いをかぶり、埃を吸わないように鼻と口を手拭いで覆い、長い柄のお座敷箒を振りまわして天井と紙帳の壁を払ったが、思うようには届かない。窓に立ててあった障子を張り替え、床に筵《むしろ》を並べた上に茣蓙を敷いたが、十二畳の部屋全部には足りなかった。

雑布バケツを二階に運び、私の背の高さ位までの紙帳を雑布でふいた。紙帳は箒で払ったとはいえ、その甲斐もなかったように、何度もバケツの水を替えるほどの汚れだった。

机を運び込む時、初めて母が二階まで手伝ってくれた。病弱の母もその部屋を見たかったのだろう。

母が嫁入り道具に持ってきた、観音開きの内側に布飾りのついた本箱を正面に据え、昔、お祖父さんが使ったという古いタンスを横に並べた。

部屋の隅に布団を重ね置くと、一応部屋らしくなってきた。

その日母は言った。

「今日から二階を使い始めるんだね。今夜寝てみて怖かったらいつでも下に降りておいで。明日の朝は天井を箒の柄でコツコツと突いて起こしてあげるから、心配せずにゆっくりおやすみなさい」

夕飯のときお勝手から階段の暗がりに目を向けた。皆がお勝手にいるうちに二階に上がって行く方が怖くないだろうと思いついた。私はその夜早々と二階に上がって行った。

五十坪もある板敷のほんの一部が部屋らしく囲まれているだけで、囲《まわ》りは真っ暗な物置き同然の二階である。その上、屋根裏になっている三階、四階には蚕の道具がぎっしりと積み重ねてあり、それ等は真黒にすすけていて、お化けの出そうな真っ暗闇が広がっているのだった。

その夜は、早目に床に入った。

堅く目を閉じても眠れない。

数を百まで数えてもだめだった。

紙帳の壁が、かさかさと音を立てる。

「お化けなんか出るものか」と思いながらも一つ目小僧を想像していた。

そのうちどこに潜《ひそ》んでいたのか鼠が板の間を駆けて行ったと思ったら、今度は紙帳の間に入り、チューチュー鳴きながら追いかけっこをする。そしてどこかに駆け抜けて行く。そのすさまじさは階下《した》で聞くのとは比べものにならない。

いつまた出てくるかしれない。「もしも鼠に噛みつかれたらどうしよう」と、息もできない思いだ。

私は頭から布団を被ると何時しか眠ってしまった。

翌朝、母は真下になっている天井を本当に箒の先で突いて起こした。頭の真下でコツコツと響くこの起床の合図は強烈で、飛び起きるよりほかはない。

怖さを我慢して一週間もすると、次第に鼠にもあたりの暗闇にも慣れて勉強もできるようになった。

怖いからこそ一生懸命勉強ができる。誰に邪魔もされず、掃除をせずとも人にわからないこの二階がとても良い部屋に思えるようになってきた。

学校から帰ると、「トントントン」と階段をかけ上がり、鞄を置き、服を着替えてまた勢いよく階段をかけ下りる姿や、夜中にミシミシと天井の鳴る音に、二階の部屋での様子が母にもわかるらしく、

「母さんは『まだ勉強している』と思いながら上を見上げ、階段を軽やかに上り下りする音を聞くと、とても羨ましいよ」

とも言ってくれた。

二階に移って三か月ほど経った小春日和の日、祖母が初めて二階を見たいと言って上がってきた。座布団の上に正座して窓から庭を眺めながら、日だまりの中でのんびりと一時を過した祖母は、私の部屋を見て本当に嬉しい様子だった。祖母にしてみると、夜な夜な私に声をかけられない淋しさがあったのだろう。

「ここは静かで温かくていいね。でもおばあさんはここに上がってくるのはこれでおしまいだろうね。目も悪くなっている上に足も弱くなって、今日も助けてもらってやっと二階に来れたんだから、もう上がっては来れないよ」

と言い、私が下から運んで来たお茶を飲みながら、

「ままごとをしているみたいだね」

と、目を細めた。

昭和十九年から二十年にかけて、敵機が上空に飛んで来て爆弾や焼夷弾を落とすようになった。警戒警報が発令になるたびに部屋の真ん中に下っている電燈には黒い風呂敷を被せて外部に光が漏《も》れないように注意しながらの勉強だった。急いで防空壕に駆け込む時もあった。

女学校二年の夏、戦争は終わった。二階の電灯は明るく道行く人の目にも輝いて見えた。夏の風は二

階を吹き抜け、雨戸をせずとも蚊は来なかったし、寝ながらでも夜空は眺められ、星をかぞえてロマンチックな恋を夢みるときもあった。

病弱だった母は終戦から二年後の夏、病気が悪化していたのだろう、風邪がもとで高熱を出し、一昼夜の看病を受けただけで他界した。それから三年、祖母は戦後行われたマッカーサー指令の農地開放と、財産税をとり上げられる痛手をまともに受け、泣くに泣かれぬ思いを味わった後この世を去った。

父が義母を迎えてから、家の中は今までにない雰囲気になり、階下にいた二人の妹も二階で暮らすようになった。狭く、清潔とも言えないこの部屋で、三人は慰め合いながら話し合ったり、寒い冬の夜中や勉強の合間に、こそこそと下に降りて行き、大釜でふかして置いてあるさつま芋を、ざるに山盛りにして運び、驚くほど三人で食べ合った安らぎの場所でもあった。嫁ぐ日、花嫁衣装を着付けてもらった私の最後の部屋でもある。

生活学校

「思想しつつ　生活しつつ　祈りつつ」

この三つの理想を柱として、自主的精神を学び合う教育を考えた羽仁もと子先生ご夫妻は、自由学園を設立された。

学校の運営は、生徒の自主的な行動を大切にして行うもので、各係が定められる。各係の人達はその中のリーダーを中心にして活動をする。リーダーは順番制になっている上に、その報告は全員集合の場所で発表されるので、生徒たちは聞いているだけで考え方や行動のしかた、まとめ方などの勉強ができた。

私は女学校を卒業すると、この自由学園の関連校で、生活部門を専門に取り入れられた生活学校に入学した。昭和二十四年四月、専門学校が短期大学化され始めた頃であった。

大谷石を豊富に使ったライト建築によるこの建物の中には、学園に関係のある諸団体の研究所と雑誌社があった。

生活学校の勉強は、衣、食、住、経済、美術に大別される。自分の着る物は、自分で作り、食事は生徒自ら料理したものを全員が一緒に味わう。校舎の掃除はもちろんのこと、花壇の設計から校舎の修理依頼まで生徒が行うのだから、使用人の一人もいない学校であった。

始業、終業の合図は「時の係」がチャイムを鳴らし、その日のリーダーは学校全体の流れがスムーズにいくように気を遣わねばならない。そのために生徒は知らぬまに廊下や石だたみの上を、忙《せわ》しなく歩く習慣が身についてしまう。

家事家計の時間は、経済の勉強から家計簿の付け方、衣生活の計画、洗濯の方法まで実習し、美術では美的感覚を養うために植物のスケッチから始まって図案を考え、作品に仕上げるのだから、その人柄まではっきりと現われる。木彫も、染色も敷地内の研究所の方々が先生になって教えて下さるので、学ぶことには充分な条件が揃っていた。

朝礼では聖書を読み、語り合い、自己の反省をする。地方から上京した生徒は、学校の寮から通学していた。その人達を見ていると、言葉づかいから気質まで異なり、その人のお国柄らしいものが出るので視野が広がった。

大きなマントルピースに薪を燃やして、飾りつけられた大食堂で、鶏の丸焼を囲んでポタージュをすすり、ケーキを切り、讃美歌を歌い、プレゼントを交換して祝福し合ったクリスマスの夕べ。料理、美術、洋裁ともに先生は外国生活を経験してきた人達であったため、雰囲気作りも上手に教えてくれた。

この生活学校での勉強は、当時としては最高の環境で豊かな教養を存分に注ぎ込まれた二年間だったと思える。

「お前には母親がいない。この家では家庭的な躾は教えられる状態ではないから」

と言って父親が薦めてくれた学校が、この生活学校であった。願書を提出するのも気が重かったのに、後になってみると私の人間形成にはかけがえのない大きな役割りを果たしてくれたように思える。

N先生

明日館《みょうにちかん》を使って「衣食住展」が開かれた。

明日館とは目白にある建物で、「明日を拓く」という意味から名付けられた名称である。

この衣食住展は、新聞、雑誌などに宣伝がされていた。各部門のリーダーは、寮に泊まり込み、会場作りに精を出した。友の会の会員が長期間実行したこと、研究したことなどを衣・食・住の三つのテーマに分けて展示する。生活学校の教室も開放されることになった。

私達は、この種の勉強は一通り教えを受けていたが、大きなパネルを使い、たくさんの展示品が運ばれた時は、会員の方々の熱の入れ方にすっかり感心してしまった。

当日は、生活学校の生徒は全員動員され、各係を割当てられていた。なぜなら、この明日館にある諸団体の執行部の人達が、時々学校の講師を勤めて下さるので、この種の行事には大なり小なりの協力依頼を受けるのであった。この時もまたお客様に失礼のないように注意を受けていた。

私は他の四人と受付係をしていた。最寄りの駅からは、次々と大勢の人が見えた。招待状を受けとり、パンフレットを渡す。来場者の数を三十分ごとに本部に報告するのが受付の仕事であった。

皇族関係の方々始め、有名人が見えると、本部役員は忙しく動きまわる。遠く離れて住んでいる友達同志が会場で待ち合わせ、大芝生で語り合う光景も見える。生徒達は自分の持ち場の仕事をこなすべく忙しく走りまわって混雑した会場と共に活気があった。

二日目のことであった。不安気に歩いて来る人がいる。よく見るとそれは私が卒業した女学校のN先生であった。不思議に思いつつ椅子から立って先生に近づいていった。

思いもかけない対面に、先生は驚きの表情だったが名前をはっきり覚えていてくださった。

それから優しいお声でこの会場の案内を依頼された。展示場のほかに、明日館の隅々まで御案内し、説明をする私は、自分の母親に知ってもらいたいと話をする子供の思いであった。

興味深く聞いてくださった先生は、生活学校での勉強内容が理解できたらしく、

「今日は貴女にお逢いできて本当によかったわ、どうも有難う。それに良い所で勉強しているのね」

と、若い娘を思わせるN先生の明るい態度であった。

この言葉は、私が秘かに心に掛っていた先生に対する後ろめたい想いをすっかり解きほぐしてくれたのである。

N先生は、私が女学校一年に入学した時、初めての担任の先生であった。

「卵に目鼻のお孝《こう》」と綽名《あだな》がつけられたほど、美人で上品な家庭科の先生であった。

家庭科の時間の講義は退屈なものだったが、私は真面目に勉強していたので問題はなかった。しかし、休み時間や放課後、友達と一緒に先生の批評や、しぐさの真似などしている時に限ってN先生が通りかかったり、現れるといったように、先生とのタイミングが悪かった。

家庭科で、お料理の実習が始まったのはいつだったろう。終戦のことで、初めての調理実習は級全員、浮き立つ思いでエプロンを掛け、三角布を頭に結んだ。調理の材料は食糧事情の悪いさ中のこと、家にある物を無理のないように持ち寄る方法が提案されていた。私は農家だったこともあり、魚肉以外は無理なく用意ができた。

ご飯の炊き方、味噌汁の作り方、さつま芋のきんとん、茶巾しぼりなど、粗末な献立ながら生まれて始めてのお料理実習は、ままごとのようであった。

先生が黒板に書かれる材料と分量は、実際に計ってみると持ち寄った材料の半分にもならなかった。余った材料はどうしよう。

この時、別のお鍋で勝手に調理することを考え実行したのは二、三人だった。先生に隠れての作業なので、調味料が足りなくなると、別の班のところに行って、ひそひそ話で無心をする。

そんなことばかりしていた私は、本来の勉強である実習は真面目な二、三人の人達にまかせていた。

このように闇料理ともいえる行いを料理実習中にいつもしていたのでは、どんなにお上品な先生でも気付かない訳はない。それなのに先生から何も咎められることはなかったが、

「貴女はいつも私の教える通りにしないで勝手なことばかりしている人ね」

と、先生に思われているように感じられた。主食のお米は配給制で、お友達のお弁当にはご飯の中に、さつま芋が大量に交ぜ込まれていた時代である。調理実習後の試食会は皆大変な賑わいで楽しかったが、私は何となく後めたさを感じていたのである。

女学校を卒業して二年後の、この衣食住展で、N先生にお逢いできなかったら、私の心はいつまでも「N先生に悪い生徒としての烙印を押されている」という思いから抜け出すことはできなかったのではなかろうか。

三十年後、クラス会が開かれた時、N先生は久々に出席され、昔と変わらぬお上品な姿と美しさで上座に座っておられたが、私に向けられた笑顔は優しく、私もあれ以来心は晴れ、お話も素直な気持ででできるようになった。

自分の顔

「自分でできることは、他人の手を借りず自分でしなさい」

これは小さい時父に言われた言葉であった。女中も、作男も使っていたがその人達を自分の都合で勝手に使わせなかった父である。

「自分のことは自分でしなさい。どんなに下手でも良い、自分でしたことに価値があるのだから」と言って、父は私達子供の作ったものを見てけなしたことはなかった。

「良くできた」と褒めてから、「ここをこうするともっと良かったね」とつけたす。

自分のことを自分でする習慣がつくと、人を頼る気持がなくなる。人を責めることもない。できないのは自分ができないからにほかならない。努力する以外にない。努力すればそれなりのできばえになる。他人を見て羨ましいと思った時は努力することだ。社会に出て、全員同じように何でもできる訳はない。人それぞれに特技が違うのだから。

親の甘やかしによって育った人が、自分勝手なことをして他人に責任を転嫁しようとすることが多々ある。

努力して身につけたものは誰も大切にする。どんなものも努力なくして得られると思ってはいけない。自分の顔は自分でつくるのだ。

63・6・26

ゆでまんじゅう

昭和の始め、東京近郊の農家では、お盆やお彼岸などの日は、食事は、朝はゆでまんじゅう、昼は手打うどん、夜は白米のご飯と決まっていた。

私が、このゆでまんじゅう作りを手伝い始めたのは、まだ小学生の頃であった。

祖母は、手先の器用な人で、このゆでまんじゅう作りが早くて上手だった。皮の厚さも平均にできるので、大勢の人が数多く作ったおまんじゅうの中でも、祖母の作ったものは見分けられるほどの腕前であった。

小麦粉を捏《こ》ねて、そこにあんこ玉を包んで茹でるだけの簡単なものなのに、それなりの熟練がいる。あんを作る時、その練り具合もあるが、あんを包む時に、皮と皮が上手にとじ合わされないと、茹でた時に腹切れとなり、中のあんがおどり出てしまう。祖母の作ったものにはその失敗もなかった。

私が始めて教わったのも祖母である。お勝手で、座布団の上で正座をして、何度となく皮の伸ばし方を丁寧に教えてくれた。

私の手先はなかなか動かないのに、

「お前は器用で上手だ」

と言って、煽《おだ》てられながら手伝わされたのを思い出す。

使用人も多くいたので、朝食に作るおまんじゅうも大量になる。手伝うたびに上手になっていった。朝食が、おまんじゅうと、味噌汁、漬物という献立なので、使用人の若い男の人は、一度に十五個から二十個も食べる。それに、朝食の残りのおまんじゅうを、昼間来てくださるお客様のお茶受けとして使うので、一度に作る量は大変なものだった。

どこの家でも同じなので、私達子供は、遊びに行く家々でこのおまんじゅうをよく戴いた。家によって砂糖の入れ方が違うので、味も異なり、飽きずに食べられた。

第二次世界大戦が始まり、砂糖が手に入らなくなった時、大方の家では塩まんじゅうに変わった。

終戦後まもない頃、私は分家で一歳年上の吉《キイ》ちゃんと二人で多摩御陵に出かけたことがある。その時、二人ともお弁当はゆでまんじゅうであった。

仲良く交換し合って食べた。

吉《キイ》ちゃんのは、塩まんじゅうだったが、それがとても美味しくできていた。

「これが叔母さんの味なんだな」

と、その時思った。

分家の叔母さんは、塩まんじゅう作りが上手な人と評判だったのは後で聞いたが、その時は知らなかった。

その叔母さんも、吉《キイ》ちゃんも今は亡く、母も祖母も三十三回忌をとうに過ぎてしまった。

私がゆでまんじゅうを作り始めたのは、結婚して十年も経ってからである。

お盆やお彼岸にはいつもお墓参りに行き、実家に寄っていた。私の実家《さと》では、このゆでまんじゅうは父の好物の一つであった。このおまんじゅうの姿が、いつの間にか見られなくなった。しかし夫の実家では昔かたぎの姑が、依然としてこの習慣を守り作っていた。墓参りの後、ご馳走になったうえに、お土産として持たせてくれた。

それやこれやで、私も昔を想い出しながら作り始めてみた。何度失敗したことだろう。

あずきの量と砂糖の割合、それにあんの固さ。また皮作りでは、小麦粉とお湯の温度と量、捏《こ》ね具合が一定になり、自信が持てるまでにはかなりの月日が過ぎた。

その時になって、昔、祖母が基本になるあん作りと、皮を捏《こ》ねる仕事は、女中にさせなかった理由がわかった。

私のゆでまんじゅうは、ご近所の方の批評を受けながら、次第に上手になった。

ある日、クラス会が我が家で開かれた。

その時、初めて大勢のお友達にゆでまんじゅうを披露したところ、思いがけなく好評だった。洋風のケーキばやりのこの頃、ゆでまんじゅうは珍しく、手作りのあんもあわせて皆に喜ばれ、たくさん作ったおまんじゅうは奪い合うようにして持ち帰られた。

これは私の初めての喜びであった。

そのことがあってから、女性だけの会合には、この一品が登場するようになった。そして、

「貴女のおまんじゅうなら千個でも食べられるので、またお願いね」

と、言われるまでになった。

今は亡き声楽家の立川清澄先生に、コーラスのご指導を受けていた時、召された先生はとても喜ばれ、いくつも召し上って下さった姿が、今でもありありと目に浮かぶ。

おまんじゅう作りを始めると、夫は、

「今日は何かあるのか、どこに持って行くのかね」

と聞くようになり、甘いものは食べなかった人なのに、この頃では、

「僕の分も残して置いてくれ」

と、催促されるようになった。

郷土料理のゆでまんじゅうは、父に私の手作りのものを食べてもらおうと思って始めたことだったが、今では大勢の方々に待たれるものになり、なぜか私が作ると人が集まり、楽しいことが起こる福まんじゅうとなってきた。

この楽しい想いと、楽しい私のゆでまんじゅう作りは、いつまで続くことだろう。

母

昭和三年、女学校の卒業を待ち、十九歳で嫁に来て元気だった母が、長女の私が生まれた昭和七年には脚気《かっけ》のために母乳が与えられなかったというのだから、結婚五年にして病気がちな身体になっていたことになる。

これは姑に仕え、主婦としての気苦労が災いしたのだと、伯母が話してくれた。

三年毎に一男三女の子持ちとなり、三十九歳の若さで召されていった母の十五年間は、大小さまざまな病気との闘いの明け暮れで、時々実家に泊まりに行く以外は、旅行もできずに終わった人生であった。

大らかな両親に育てられた母は、大家族の中の長女として育った。母が亡くなった後、大金庫の下から見つかった女学生時代に詩《うた》い上げられた『奈良の詩人』と、嫁してから綴られた『咲いて散る花』の二冊の詩集は、母の心を知る縁《よすが》のひとつとなっている。

私が女学校四年の九月、突然の高熱を発した母は、一昼夜意識もなく眠り続けた末に、一言の言葉も残さず医者の手当ても、家族の必死の看病も空しくこの世を去った。

これまでの発熱のたびに濃度の高くなった劇薬を飲み続けていた母は、四十度以上の高熱が二日以上続けば生命が持たないことを医者から知らされていた。

そのためもあったのだろう、長女の私が女学校を終え、早く家の仕事ができるようになって欲しいと、母が口ぐせのように言っていたのに、病気がそれほどまでに進んでいるとは誰も信じられず、また、たび重なる発熱に慣れていたこともあり、この時も医者の手当てと看病で治るものと思っていただけに、その悲しみは大きかった。

母の亡くなる一か月前の夏休み、私と二人で学校に持って行く雑巾を縫っていた時がある。

その時、母は語り始めた。

「こうして母さんと一緒に暮らしている幸せな時があったことを決して忘れてはいけないよ。母さんが亡くなるとお前たちは大変な苦労が始まって、二度とこんな生活はできなくなるんだから、身体は大事にするんですよ。それからお前にはきっと、跡取りの嫁にと縁談《はなし》があるだろうけれども、決してそのような所には行かない方がいいね。叔母さんのように二男坊のサラリーマンの所なら申し分ないんだけど、気楽な所に嫁に行くのが女の人にとって一番幸せなことだと思うよ」

文学少女だった母は、嫁入り道具の一つに、ぎっしりと詰められた本箱を持って来たが、それをゆっくりと読む暇もなかった。叔母が新婚時代に母の本を何度も借りに来たことも話してくれたのは、羨ましかったのだろう。

母の針箱の中に、その時どうしたのか若き日の父の写真が入っていた。私はその写真を初めて見た。今まで何度も母の針箱の整理をしたが、ついぞ見たことがなかったので不思議に思い尋ねると、それは母との見合いに使ったもので、写真を見ただけで、この人なら良かろうと思い結婚したのだそうだが、お父さん一人でなく姑、小姑、使用人も多くいたので、家の中の雰囲気も違い、それに合わせることで大変な苦労をしたことなど話してくれた。

麗《うら》らに照る日陰に百千の花ほゝえむ
人知れず里に生うる四つ葉のクローバー
三つの葉は希望、信仰、愛情のしるし
残る一つ葉は幸　求めよ　とくその葉
希望深く　信仰かたく　愛情厚くあれ

やがて汝《な》れも摘みて採《と》られん
四つ葉のクローバー

私が女学校に入ってから母が教えてくれた歌であった。夏休みの昼下り、奥の座敷は母娘四人のお昼寝の場所で、そこにはいつも歌が流れていた。

「この道はいつか来た道」「からたちの花」「あわて床屋」「ゆりかごの歌」など次々と歌っていく。子供達は母の側にまつわりつき、横になりながら歌っていた。その間にも子供たちにかわるがわる足を揉《も》ませている母であった。

泣き言も言えない母には昼寝の時間が元気な姑の干渉の下《もと》での安らぎであり、娘との心のつながりの時だったのかもしれない。

どうして患ったのか、不思議な風土病と言われた母の病気は、次々と五臓が犯され、脾臓も悪化して、足はぶざまに太く浮腫《むく》んでいた。どこに行く時も、ゆっくり、ゆっくりと歩いていたのは、心底から懈《だる》かったのだろう。

それでも学校の父兄会、授業参観日には必ず来てくれた上に、子供達の勉強もよく見てくれた。針仕事をしながらラジオを聞き、ラジオから聞こえてくる歌を紙に書き取り、それを口ずさんでいる母を見

て、

「お母さんは呑気で、気楽な人だ」

と祖母は私に話していたが、子供達にとってそれはこの上もない平和な日々であった。

父の再婚

母が亡くなった。

母との別れは後に残された者にとって今までの生活との別れとなった。

目が不自由になっていた祖母は、家事はできない。十八歳の兄、十五歳の私、十一歳と七歳の妹二人、子供達は皆学生で、四十四歳の父は途方に暮れていた。女中や作男に家の中は任せられない。初めのうちは、父の従姉妹に当たる人が手伝いに来てくれたので、私達はお姉さんができた思いで暮らせたが、嫁入り前の人ゆえ、長く手伝ってはもらえなかった。その後来てくれた女中は、終戦後間もない時でもあり、望むような人はなかなかみつからず、次々と女中は変わった。

主婦のいない家庭では、手伝いの人もままならない。私は家の中のこと、妹達のことなど気遣いながら学校に通った。

父は淋しさのあまり深酒をする日がたびたびになった。祖母の心労も重なる。

父は、思案の末、ある人のお世話を受けて再婚をする決心をした。

継子虚め《ままこいじ》の話を童話や人の噂で聞いていた私達は、大変心配したが、何も言えない。私はもう父の苦しみも理解《わか》る年齢になっていた。その相手を見に叔父に連れられて行ったのは兄と私だった。

「お前達が逢ってみて、良さそうに思えたらそれで良い」

父は再婚の相手を子供に決めさせたのだった。兄も私も学生である。どちらが見られているのかわからない出逢いであった。

二人とも父の再婚を承知せざるを得ない。

父の再婚話を伝えるため、兄が亡き母の実家に行き話を始めた。聞いていた叔父はその話は兄の結婚話と思い込んで聞いていたのが実は父の再婚話とわかったとたん、烈火の如く噴《いきどお》り出し、口もきかず二人は火鉢の中の灰を見つめたまま向い合い、長い沈黙の末に話を続けることもなく、兄は叔父の家から帰って来てしまったとか。

「困ったことがあったら一番先に叔父さんに知らせておくれ。力になってあげるから、きっと約束するんだよ」

と言って親身になって心配してくれた優しい叔父だっただけに、相談もせずに突然父の再婚話を伝えに行ったのだから無理もない。

以後、叔父の家とは断絶の月日が流れた。

父は母の死後一年も待たずに再婚した。

家の中で女性の占める役は大きい。一人の女性の入れ替わりによって家の中は一変した。

父の淋しさは解消したかに見えても、子供達には今まで以上の淋しさが広がってきた。父親すら遠い人に感じられ、気安く話はできない。

母親の代りはないことが、その時になってわかる私達だった。

父は再婚の前に、沈んでいる私に向かって
「女中が来ると思っていればよい」

と言って慰めてくれたが、実際には女中でなく、母親とも違う人に対しての接し方が下手で、些細なことから想像もできない感情のもつれが始まり、長女の私は二人の妹の間に立って家の中を丸く収めるための仁王立ちとも思える心の毎日が始まった。

祖母の落胆はひどく、そして孫の私達に対しては今まで以上の優しさであった。

家の中で気楽に話のできた昔は返ってこない。

二年後、義妹が生まれた。その後半年、寝ついた祖母は春の彼岸に七十九歳でこの世を去った。

女学校の修学旅行は修善寺だった。これは終戦後初めての二泊三日の旅行で、私は前の晩に自分でお弁当のおにぎりを作った。朝の出発は早い。父は出かける直前に起きてきて、旅行の小遣いを渡してくれた。

作男の錦次さんが暗い中、駅まで送ってくれた。その道中、

「今、悦子さんは苦労しているけど、そのうちきっと幸せになれるよ。俺も同じように苦労しているけど『そのうちきっと幸せになれる』と思いながら毎日暮らしているんだ。悦子さんは幸せになれる人だって俺は信じているよ。作男の身で俺には幸せにしてあげられないけど、お互いに頑張ろうな」

私はどんな辛いことがあった時も、人に愚痴を言ったことはなかった。それでもいつも一つ屋根の下で暮らしているこの錦次さんは理解《わか》っていたのだろう。それまで無言で私の後を歩いていた錦次さんのこの言葉は今も忘れられない。

錦次さんの家は昔、村一番の財産家だったそうだが、先代が病気で早死にしたあげく火事に遭い、不幸が重なったために多く持っていた田畑は人手に渡り、子供達は次々と奉公に出された。

「行く川の流れは絶えずして
　しかも、もとの水にあらず――」

方丈記の一節を学んだ時、なぜかこの錦次さんの家と、身の上が思い浮かんだのを覚えている。

その頃から、はっきりと私は人を見る目と想いが変った。

仏の姿

人は亡くなるとお空の星になってこの世にいる人達を見守っているんだって。母さんがもしも亡くなったら、一番大きく輝く星になってお前達を見守ってあげるから、しっかりと生きていくんだよ。生前母がこんな話をしたことがあった。私は母の死後ほどなくしてこの言葉を想い出し、夜空を仰ぐようになった。

木々に囲まれた屋敷の西上空に一つ大きく輝く星があった。星を見ながら母を偲び、淋しさに堪えた。ほどなくして頭を抱え込み道に蹲《うずくま》っている母の夢を見て、母が苦しんでいると思うと悲しくて誰にも話はできなかった。

その後たびたび夢を見たが、いつも大儀そうな姿のものばかりで、私の心は重かった。

十九歳を頭に四人の子供を残して逝った母は、あの世でも気楽にはなれないのだろう。

父が再婚したお陰で私は家事から解放され、気楽に学校に通えるようになった。

専門学校に通っていた最後の夏休み、友達数人と信州に旅行したその時、久し振りに母の夢を見た。

前方に崖のような所があった。そこを渡ろうとする私に、「ここから先は危いから行ってはいけないよ」と言う母の言葉で目がさめた。

翌日は快晴で、皆で宿の裏手の山に登ってみることになった。ところが中腹まで登った時、突然崖くずれのような場所が広がっていた。私は昨夜の夢を思い出し皆に話をしてみた。「夢のお告げ」ということになり一同は登山を断念して河原で遊んだ。事故もなく、楽しい想い出となっている。

それからは「母に守られている」と、私は信じるようになった。

私の結婚の話が決まった時、母が門の前を明るい表情で歩いている夢を見た。それと同じ頃、母の実家の叔母も、楽しげに蔵に出たり入ったりしている母の夢を見たそうだ。

兄も妹達も次々と結婚した。母の夢は遠のいたが、時たま見る夢は静かで穏やかな姿になっていた。

時は流れ、母の三十三回忌がきた。三十三年経つと人は土に帰ると言われているが、久し振りに集まった叔父伯母が母の姿に思え、今まで堪えてきた思いが一度に涙となって溢れ出て止めようがなかった。

親と子は永遠に別れることはないのかもしれない。母の亡き後四十年経て父は昇天した。

夢の中で父と母は寄り添って立っている。四十年の歳月を過ぎた今、浄土の世界で二人は巡り逢っているのだ。

夕涼み　共には愛する天もなく
　端居に遠く祭聞きおり
大方は枯れそめにける草の間に
　紫ぬれてりんどう咲ける

喜舞

大正生まれの母は、女として、母として、それなりの生き方だったのかも知れないが、三十九歳で終わるとはあまりにも短い一生だった。しかし今母は一人ではない。その思いにより私の胸につかえていたものが流れ落ちた気持ちになった。

父の死後四年して義母もあっという間に此の世を去った。良きにつけ、悪しきにつけ、性《さが》の如く人の人生は作られているのだろう。それぞれに大変な一生を歩んだように思える。

しかし今、祖母、母、父、義母が皆和やかに暮らしている夢を見た時、仏の姿の美しさに感動している私である。

叔母の想い出

百歳までも生きられるだろうと言われていた元気な叔母が、昭和六十年一月十三日、七十八歳であっという間にこの世を去った。心筋梗塞であった。

東京の郊外、深大寺の旧家に生まれた叔母は、女学校時代は人力車に乗って通学したのだそうだ。父の弟と結婚して、サラリーマンの妻となった。住まいは、駅から二、三分の畑の中で、上《のぼ》り、下《くだ》りの電車は家の中からでも見られた。

新婚の頃は、駅と家との畑の中の小路を何度となく往復しながら、勤めから帰って来る叔父を待ちわびていたというほどに、淋しがり屋で、可愛い人であった。

女学校卒業後、和裁を学んだ叔母は、私の師であり、詩吟の先輩であり、母親代わりの恩人でもあった。

四十歳代で未亡人となり、一時は三人の子供の養育のため、生活も大変な様子だったが、娘時代に仕込まれた素養に、持って生まれた明るい性格と、農家の分家としての生活のゆとりも手伝って、後半の人生は、詩に、踊りに、旅行に、社会活動にと、幅の広い分野で活躍され、席の温まる暇のない人だった。

紫の好きな叔母は、着物は紫が多く、小柄でスマートな体に似合わず、男の人のような歩き方をするので、後ろからでもすぐに見分けられた。

優しい声の持ち主だが、掃除や整理は苦手らしく、なぜか部屋の隅には衣類が丸めて放り出されたり、鴨居に掛けられたままで、家の中は片付いていたためしがない。

しかし、和裁の早縫いができて、一晩で羽織を仕上げ、翌日には着てみせてくれるほどの腕前の持ち主だった。

新婚の時に建てられた家は、当時では珍しい二階建てで洋間に出窓のついたモダンなものだったが、その洋間も子供の遊び場から物置き部屋へと変わってしまった。

それでも人がよく集まり、夏休みともなると、従兄弟《いとこ》達が一週間から二週間も泊まり込んでいても気持ちよく自由に遊ばせてくれたし、私達が成長してからは、お友達との集会場所に利用させてもらったことがたびたびだった。

今にして思うと本当にお世話になったものだと思うが、それでも嫌味ひとつ言われなかったのは、気持ちの広い、心優しい人だったからに違いない。

華道は古流で、竹の二段活けが得意で、庭の植木の枝を切っては床の間に活けていた。しかし、その形が何時も同じだったので私でも覚えられた。

お茶は表千家とか。和裁を習っていた友達と一緒に、薄茶の飲み方、お客様への座布団の出し方、お菓子のいただき方など、初歩的なことを懇切に教えていただいたこともある。

三月の雛節句に、女の子のいない叔母は、私達の和裁のお仲間と一緒に、ちらし寿司を作って茶話会をしたことがあったが、そんな時は、歳に似合わず若者向けの話題を出して私達と意気投合していた。

そんな人なので近くの学生寮に住んでいた学生さんが、叔母の姿が見えなくても、表通りを通りながら、大きな声をはり上げて朝夕の挨拶をして通り過ぎたのだろう。

踊りは四十歳代から習い始めたようだ。

手振り、身振りも柔らかく踊る姿は、夏の盆踊りの季節ともなると、若づくりした叔母がどこの会場にも見られた。それで我が家の息子どもは〝盆踊りの叔母さん〟と呼んでいた。小平音頭も、東村山音頭も、振り付けは叔母とそのお仲間で考えて作った踊りなのだそうだ。

海外旅行でスリランカに行った時、浜辺で遊んでいた子供達に、炭坑節を踊って教えてきた自慢話や、ナイヤガラの滝の美しい夜景の話、岐阜の鵜飼いの話をしているかと思うと、母子福祉会の話や、青少年育成の話などに話題が飛ぶので、聞いている人は戸惑うことが多かった。そして自分の話が終わると、すやすやと居眠りを始める。まったく楽天的で、しかも切り換えが早い。

それでも習い始めた芸事は長く続き、踊りは三十年近く、詩吟は十八年もの長期にわたり休まず師について学び、詩吟ではついに師範の資格と看板まで取得し、ますます盛んな身の入れようであった。幹部としての活動もさることながら、大会の前ともなると、朝の暗いうちからお友達を誘って霊園の中で独吟の練習をされていたという努力家でもあった。

いつも和服ばかり着ていた叔母が、数年前から洋装になった。初めてお逢いした時のスタイルが想い出される。薄紫色のワンピースの上に、ロングコートをふんわりと羽織り、ローヒールの靴もすっきりとして、その頃のニュールックのスタイルだった。細身なのできまっていた。

和服の時も〃これが良い〃と思うと惜し気もなく二部式に切り換えたり、紐を付けたりする。昔、ゆかたをワンピースに直すと二枚作れるといって、母にも作ってくれた。二人はよくお揃いの服を着ていたのを想い出すが、これは世間の目に拘《こだわ》らない自分というものをしっかりと持った人だったのかもしれない。

それでも明治の女だ。なかなかつましい。古いものを大切にする。新婚当時からの家は、昔と全く同じままの形で使っていた。その叔母が、これまで長い間温めていた詩吟教室兼隠居小屋を新築した。

お正月、私は何気なく叔母からいただいた和服を着て訪ねた。叔母は、詩吟の新年会での出し物についての説明や新しくできたばかりの家のこと、その部屋でのこれからのお友達との集いを夢に描いて、楽しそうに語ってくれた。それが私と叔母との最後になろうとは――。

告別式は長い未亡人生活をした人とは思えないほど、大勢の方々から別れを惜しまれ、悲しみの中にも叔母らしいそれなりの華やかさを漂わせたものであった。

夢一杯だった叔母。淋しがり屋の中にも賑やかだった叔母。昔、亡き母との語らいが好きで、子供が大きくなったら二人で旅行がしたいと口ぐせのように語り合い、慰め合っていたという叔母と母は、今、天国で二人楽しく語らいを始めていることだろう。

三

四畳半

「会社の寮で、四畳半の部屋が借りられることになったよ」

と、彼は何のこだわりもない声で、私に伝えた。

縁談を持ってきた仲人さんは、

「彼は長男だが家を継がなくてもよく、新しい世帯を持つことになっている」

という条件を始めに話してくれてから薦められたこの縁談だった。

「女の人は気楽な所に嫁に行くのが幸せだ」

と生前母から言われていた私は、これは良い条件とばかりに話に乗ったのだったが、いざ決まってみると新しい家が建つどころか、社宅も駄目、なんと会社の寮で、しかも四畳半の部屋が借りられることになったと言うのである。自分の尺度で物を考えていたのは甘かった。

当り前と思って考え、揃え始めた嫁入り道具はいったいどうしたら良いのだろう。

かつて畑の手伝いに来てくれていた由紀ちゃんと二人で、

「私は知らない、貴女も知らない、知らない同志の四畳半」

などと言って笑い合ったことがあったが、私はそんな甘い気持ではいられなくなってきた。

「うちの風呂場ほどの狭い場所に道具を置いたのでは寝る場所もないだろう。そんなみっともない所にうちの長女を嫁に行かせるなんて、他人《ひと》には話すこともできない」

と父の心配はただごとではなかった。

とにもかくにも会社の寮を彼と見に行くことになった。

出かける間際に父は、

「行って見て気に入らなかったら、はっきりと断わってくるんだな」

と私に言い渡した。

「うん、そうする」

私は気楽な思いになり、家を出た。

中央線中野駅下車、徒歩二分のこの家族寮は、会社の中でも評判が良く、普通に申し込んだのではいつまで待っても入居できないほどの競争率なのだそうで、彼の明るい声での説明を聞いているうちに、目的の寮に着いた。

三十世帯も入居しているというだけに、玄関は立派な構えで、大きなドアは両開きになっていた。薄暗い感じのする階段を上った左手北側のドアの前で、彼の足は止まった。

鍵を開け、中に入ると目の前にガラス戸がある。その引き戸を開けると前方に出窓がついている部屋で、古い作り付けの洋服ダンスもあった。私は畳を数えた。確かに四枚半、両側が壁に仕切られたまさに四畳半の部屋であった。

私は生まれて初めてこの四畳半という部屋を見た。

彼は抱え持って来た風呂敷包みを広げ、座布団二枚を出し、その一枚を私にすすめた。

「畳が汚れているので、きれいな洋服が汚れるからこの上に座りなさい」

私は黙ったまま座り、部屋を見まわした。壁には傷がついている。押入れの襖も汚れたままだ。雨戸もなく、ガラス戸の上部は透明だったので、お向いの部屋の洗濯物が見える。

彼は小さな電熱器を使ってお湯を沸かし、持って来た小さいアルミの急須で二つの湯飲みにお茶を注いだ。

「よく出なかったかな。まあどうぞ」

彼は、畳の上に湯飲みを置いて私にすすめ、お茶を飲み始めた。

私は彼の所作を見ていた。こんな狭い、そしてお世辞にもきれいとは言えないこの部屋は、見ているだけで惨めな気持ちになっていた。

「さあどうぞ。のどが渇いたでしょう」

彼はまたもすすめた。

私はお茶どころではない。出がけに父が私に言ってくれた言葉が思い出された。

「こんな狭い所しか私達が住める場所はないんですか」

私はやっとの思いでここまで言うと、一気に涙が流れ出た。

彼は膝を近づけると、私を前から抱き締め暫く待ってから話し始めた。

「厚生課にいる友達が特別に計らってこの寮をとってくれたんだけど、嫌なら断わることもできるが、新しい場所はいつとれるかわからない。民間の貸家は、六畳でも六千円は払うことになるし、それでは僕の給料では生活が大変で貯金もできない。それよりもここに住んで貯金ができる方が良いと思うよ。会社では新婚の人はみんな四畳半に入ることになっているし、子供ができると空いた六畳の部屋に優先的に移してもらえるので、いつまでも四畳半住まいをする訳ではないんだよ」

と説明をしてくれた。

それでも私は何も言わなかった。

「家が決まらないと僕達はいつまでも結婚できない。それじゃ困るだろう。親と一緒に住んで良ければ話は別だけど、始めは二人きりの方が気楽で良いよ」

私は涙が止まらず、彼の胸に顔を埋めていた。

「この部屋で我慢してくれよ。ここで良いと言って欲しいんだ。いいだろう」

私は仕方なく口を固く結んだまま頷いた。

彼はとたん、私の胸が折れるのではないかと思うほど強く抱き締め、接吻を繰り返した。

この時、ここは二人の部屋に変わった。

私達の部屋は四畳半だ。

私は改めて部屋を見まわし、そして外に出た。

駅前に出て、二人はラーメン屋に入った。店内ではその時流行の「お富さん」の歌が流れ、長いコートを着た女の人達が街を歩いていた。

父の言葉

昭和二十九年一月三十一日、前日から降り続いた雪の日、私は見合いをした。

私は二十二歳、彼は三十歳の誕生日であった。

仲人は生前母が大変お世話になり、また家庭医でもあった内科の先生夫妻である。

彼の家もこの先生の往診を受け、気軽に話し合える間柄だったそうで、話が始まって半月も経たず見合いをし、二月末に結納を交わした。そして五月十三日には結婚式を挙げたのだから、縁とは不思議なもので、目に見えない赤い糸で結ばれているというのは本当なのかも知れない。

結婚式の日、私の家では大勢のお客様をお迎えして祝宴が始まっていた。その中を親族に見送られて生まれ育った家を後にすることになった。その時、庭先に植えられた栴檀《せんだん》の木を背にして立った父は、私の別れの挨拶も終わらぬうちに言った。

「挨拶はよいから早く行け、お前にはお金は持たせないよ」

私は父の意外な言葉を聞き、挨拶もそそくさと彼の家に向かうための車に乗り込んだ。

女学校の卒業も近くなった時、担任の先生から、私の成績なら推薦でも大学に行けることを知らされたのに、

「女が男よりも上に立つと不幸な結果になりやすい。お前は大学には行かない方が良い」

と言って、家庭科を専攻する学校に行くように決めさせたのだった。

その父が、今度は一介のサラリーマンと結婚する娘に一銭のお金も渡してくれなかったのだ。

「女が金を持つと人に仕える気持が薄れる。そして態度が大きくなり見苦しい家庭になることが多い。女が大金を持つのは良くない」

と、父が私に話したことがあったが、まさか、自分に向けて言われていたとは思ってもいなかった。

夢にも考えられないことであった。

他人の中で暮らし始めるのに、お金を持たないほど惨《みじ》めなことはない。

「これは大変なことになった」

車に乗った花嫁姿の私は、じっと唇をかんだ。

この縁談は、母方の伯父の意見を尊重して、父なりに判断をして決められた。

伯父夫妻は、この日のお客として私と同じ車に乗り、彼の家で行われる結婚式に親代わりとして列席してくれたが、父の言葉は知らなかった。


「可愛い子には旅をさせろ」とよく言われるが、私の旅は結婚から始まった。

お金を持たない心細さから、百円のお金もどれだけ大切に思えたか知れない。

知らない土地に住んで、初めて知る他人の情け、冷たさ。そして自分の力で生きるために、夫婦が助け合って暮らす大切さも、またお金では買うことのできないものがあることも理解できたように思う。

もしもお金を渡されていたなら、思い上がった態度になっていたかも知れない。

人の心も知らずに終わったろう。

幼い時から「お父さん娘」と言われた私は、よく父と行動を共にしている。そして優しい父だったが、父の心を知るには幼かった。

結婚して三十年を経て知る父の言葉の真意は、今、私の心の宝物になっている。

私の新婚生活

一

昭和二十九年五月、私は見合い結婚をした。

終戦からの住宅難は未だ続いて、家族寮を持っている会社は少なく、そこに入居できる人は幸運な人達と言われていた時代であった。

中央線中野駅に近い会社の家族寮は、大きいアパートが建ち並ぶ一角にあった。

モルタル二階建てに、上下それぞれ十五世帯が入居していた。

コの字型建物の二階、中庭に面した四畳半の一部屋がこれから始まる私達夫婦の新居だった。引っ越しには若い嫁を心配して、姑も一緒について来てくれた。

荷物の到着前に、台所用品を揃えに出かけたら、初めて夫から渡された三千円のお金は消えてしまった。

間もなく新婦である私の荷物が届き、狭い部屋の中は足の踏み場もないありさまになったが、夫なる彼は、出窓に腰をかけてじっとしていた。

この人は、手伝いもできないお坊っちゃん育ちらしく、どうみても、私が今まで想像していた男性像とは少し違っていた。（大変な人と結婚してしまった！）

仕方なく私は無言で自分の荷物の整理をし始めた。

入居の挨拶のため寮内を一緒にまわってくれたのも夫でなく姑だった。

半間の押し入れと洋服タンス、一間の出窓、入り口兼台所が畳一枚程の広さである。整理タンス、ミシン、鏡台を置くと、残った狭い場所だけが、二人の座れる所であった。洗面所、トイレ、洗濯場、物干し場は共同で、廊下で立ち話する声も、通り行く人の足音も、部屋の中から手に取るように聞こえてくる。

広い屋敷の中で育った今までの生活は、自分から遥かに遠くなったことを味わい、初めての夜を迎えた。

「泣いてはいけない。泣いては夫に申し訳ない」

と思いながらも、涙がこぼれ落ち、止めようもなかった。

中野寮の住人は学歴も仕事もさまざまで、年齢もまちまちであった。幸いにもお隣りが管理人で、管理人さんは、寮内の規則はもちろんのこと、買い物に出かけるお店から、お風呂屋まで同行して教えてくれた。お陰で慣れない都会生活ながら、どうにか暮らせるようになった。ドアを開ければ寮内の様子は目に入り、人と顔が合ってしまう。考え方から性格、話をする言葉遣いまで異なる人達が同じ屋根の下で暮らしているのだ。

私はたった一人で部屋にいても、いつも誰かに監視されているような思いがし、頭を押さえつけられるようで食欲も出なかった。

幸いにも中野駅から新宿駅まで十円区間だったので、午前中デパート巡りをして時間をつぶし、午後二時、お風呂屋の開くのを待って一番乗りをした。

のぼせあがるほどお湯につかり、時間をかけて身体を洗い流す。風呂から戻ると夕飯のための買い物に出かける。

狭いながらも便利な都会生活。そしてサラリーマン妻が遊んでいるようで、申し訳なく思えるような生活が始まった。

朝の一通りの仕事が片付き、夕飯の献立を考えながらお料理カードを見ていたある日のこと、廊下で人の声と階段をかけ下りる足音が聞こえた。

何事か起きたらしい。私はドアを開けて廊下に出た。近所の奥様方が廊下に立って、それぞれに、

「どうもすみません」

と恐縮し合っていた。

「何かあったのでしょうか」

私はおずおずと尋ねてみた。

「今、山田さんが、ゴミ捨てに行ってくださったんですの」

「何のゴミでしょうか」

「お勝手から出る生ゴミを入れたバケツを持って、捨てに行ってくださっているんですよ」

私は今まで何も気付かなかったが、お勝手から出るゴミは、廊下の隅に置いてあるバケツに捨てることになっている。ゴミ収集車が来て、玄関先で大きな鈴を鳴らすと、それを聞きつけた人が誰ということもなく捨てに行き、バケツを洗って元の場所に戻しておく作業をしていたのだった。

山田さんがバケツを持って二階に戻るまで、皆は立ち話をして待っていた。

「いつも済みません。今日も一足遅くて私がさせていただけなくて」

「一昨日もしていただいてしまって申し訳ございませんでした。今度は私にさせてください」

人々は言葉に如才がない。山田さんは元運動の選手だけあって、小鹿のようにスマートな身体のうえ、行動の早い人であった。耳も良いらしい。主婦達は口々にお礼を言うと、自分の部屋の中に消えた。

これはゴミバケツ取り競争ではないか。

私は午前中から買い物や用事のために、出かけることが多かった。そのために、一か月近く住んでいるにもかかわらず、このゴミ捨てのことは知らなかった。

管理人さんは、引っ越して来た時、生ゴミの説明の際に、

「このゴミは誰かが捨てるので何も気にしなくて結構です」

と言ってくださったが、その時、これはゴミ収集人がしてくれることなのだろうと勝手に判断してしまい、気楽に生ゴミを捨てていた。それがこの騒ぎである。それ以後、チリン、チリンと鳴る鈴の音に、聞き耳を立てていなければならなくなり、勝手に外出もできなくなった。

それでも、次の日も、その次の日もゴミバケツ取り競争に負けて、申し訳なく部屋に引き下がるのだった。

こんなことを、この寮の人達は今まで何の思いもなく行っていたのだろうか。

たまりかねた私は、立ち並ぶ人達に提案してみた。

「毎日、このようにバケツを取り合い、階段をかけ下りて、もしも転びでもすると、大変なことですし、いつも同じことを皆が気に懸けているのもどうかと思いますので、当番制になさったらいかがでしょうか」

「でも留守の人もいますし、共稼ぎの家庭もありますから」

と簡単に言い返されてしまったが、四、五日後、誰が決めたのか当番制になり、札がまわるようになった。

それ以後、ゴミノイローゼから解放され、廊下の賑やかな騒ぎは消えた。

次に物干し場で問題が起きた。

その日私は洗濯をし、竹竿をまだ買ってなかったので、ロープを張って干していた。考えもなく、仲良く二枚のねまきを洗ってしまい、ロープに掛けると洗濯物は重くたれさがり、おまけに雫まで落としていた。私が決められた場所は、屋上の出口に近かったので、後から干しに来る人達に迷惑がかかることになる。一番端の場所は、共稼ぎの家らしく、何時も竿は空であったのを見ていた私は、ロープを一番端に移し替えて、他の人の迷惑をのがれる配慮をし、「これで大丈夫」と安心して部屋に戻った。

午後になり、洗濯物の取り込みのため屋上に上がって行くと、そこには私の嫌いな小母さんが一人、物干し場の手すりに寄り掛かっていて、待っていたとばかりに話しかけてきた。

「貴女は引っ越しの時に、お姑さんと一緒に挨拶をしてましたね。あの人は、仕事を持っている人でしょう。しっかりした感じの人だったので、普通の人ではないと思いましたよ。お宅は立派な大学を出た本店の人だそうですね。それにしても貴女は新参者なのに一番よく乾く場所に洗濯物を干して、何と図々しい人でしょう。誰もがあの場所に干したいと思っているんですよ。貴女は家柄の良い人らしいですけれど」

私を悪者にした言い方である。説明をしておく必要を感じ、

「私は乾く所とか、風が当たる所とか知らずに、二枚のねまきを洗ってしまいロープがたれさがったものですから、皆様に御迷惑にならぬよう一番奥にわざわざ移し替えて干させて頂きましたので、悪いことは思いませんでした。」

「言い訳は何とでも言えます。なんて顔に似合わず可愛げのない人でしょう。他の人はもっと素直に謝りますよ」

こんな人に関わりたくない。

「どうも済みませんでした」

と言うと、私は屋上からの狭い階段を一気にかけ下りた。部屋に入るや、ドアを閉め、鍵までかけた。

あの人は布団を干した時もその布団を見て、

「この寮の人は木綿の敷布団を干しているのに、貴女のは銘仙の布団ですね。敷布団は木綿がいいんですよ。お客用でもないのに」と、言ったのだ。

この銘仙の布団地は、生前亡き母が用意してくれていた掛け替えのない母の温もりの物である。嫁入りの時にはこの布団側で、中に入れる綿まで用意してあったものを、母の言葉通り仕立てて持ってきた。

それなのに、こんな嫌なことを言われた揚句、今度は洗濯物の干し方で文句を言われたのだ。

帰宅した夫の着替えも待たずに、私は今日の出来事を話し始めた。全身は震え、涙とともに夫に抱きついた。

「何てことを言う人だ。よし、すぐに行って俺が話をしてくる」

夫は私を抱きながら激怒しだした。

その時、私は悲しみの余りに、夫に甘えたことを反省した。この寮の中で起きた愚痴は、決して夫には聞かせてはならない。

夕食後、夫は静かに言った。

「どんな事が起きても、この部屋の中だけは二人が安心していられる場所なんだよ。外に出たくなければ、できるだけ出ないように考えなさい。気持ちが滅入ったら、公園でも、デパートにでも行って、嫌な人とは逢わないようにしていなさい」

その夜は屋上のことが巡り巡ってなかなか眠れなかった。

なんでこんな所に住まわねばならないの！

こんな小鳥小屋みたいな所で、こんな苦労をさせられて、嫌だ、嫌だ。どこかほかの所に住みたい。私は心の中で叫んでいた。

しかし、高い家賃を払ったのでは、生活が大変になる。今は我慢する以外にないことも知っていた。

翌朝、夫も同じことを考えていたらしく、

「長いことこんな所には住まわせないから、二年間は何としても我慢してくれ」

と慰めてくれた。


何としてもお金を貯めよう。誰よりも早くここを抜け出せるようにしよう。と、その時私は心に決めた。

寮の人達は昨日のことを知って優しく慰めてくれた。

「古田さんは古狸と言われている人で、新しく寮に入ってきた人には必ず嫌がらせをする人なんです。貴女はまだあの程度なので良い方なんです。子供にも恵まれず、御主人は集金係ばかりして、間もなく定年を迎えるので、気持ちが苛立っているんでしょう。この頃、やたらと他人に喧嘩を仕掛けて困った人なんですから、気になさらず忘れることね」

その後一か月ほどして、古狸こと古田さんは二階の住人を自室六畳間に招き、お茶をもてなしてくれた。

何のためのお招きかと不審に思いつつ、恐る恐る出席した私は、それが送別会だったことを知り、慌てて御祝い品を調達して難を逃れた。

その後、寮内は平穏になり、明るさが出て歌声まで聞こえるようになった。

お向かいの奥さんは経済的な料理法や、洗濯の仕方を伝授してくれた上に、夫の操縦法を見学させてくれるなど、良きにつけ悪しきにつけ学ぶことが多く、家族寮ならではの恩恵を受けた。

半年後、北側で少し広い部屋に移れた。その時、私は妊娠五か月になっていた。

同じ寮の中でも、北側と南側の住人とは雰囲気が異なり、北側は、若い人達が多かったためか、話し合う人の声も高く明るく、聞こえてくる夫婦の会話もからっとしていた。その中で、たった一人だけお年寄りがいた。

その部屋に若い人達が集まり、お年寄りから人生の先輩として生活上の御指導を皆が受けた。私に長男が生まれてからは、洗濯の間や、雨の日の買い物の時間など、子供を預かって下さったので、本当に助かった。

寮の入所当時、生ゴミの当番制の提案をしたことで注目されたのだろうか、私は赤ん坊を抱える身にもかかわらず、二階の管理人を仰せつかり、寮内の雑事を引き受ける羽目になった。そのため、ゴミ収集人に対する盆や正月時の心付けや、上役の奥さんのきびきびした態度など広い範囲の見習いができて、一生を通して役に立つ生活の基礎が学べた。

「二年間は何としても我慢してくれ」

と言った夫の言葉もすっかり忘れ、中野の水にも慣れ、子育てに明け暮れていた。

その時、新しく社宅ができたことを知った夫は、組合執行部の幹部をしていたこともあり、特別の計らいが得られたのだろうか。太陽のさんさんと照る広い住まいの社宅に転居を許された。

時は昭和三十一年四月、長男が一歳になったばかりの時であった。

二

国立《くにたち》駅のロータリーを中心にして、三本の道路が放射線状に伸びている。

南に真っ直ぐ走る大学通り、西に向かう富士見通り、東に向かう旭通りと、それぞれ名前が付いている。

旭通りの途中から左に折れて、四、五分歩いて行くと雑木林に突き当たる。この雑木林の中の道にもなっていない人の踏み跡を辿りながら、急斜面を登り、松林を抜けると、クリーム色でモルタル造りの建物があった。

国分寺町大字戸倉新田字飛戸

これが国分寺の社宅であった。

空を見上げると送電線が横切り、広場の一角には大きな鉄塔が立っている。旭通りから眺めて、雑木林の向こうに住宅があるなどとは誰も想像できない所だった。

京風の引き戸を開け、玄関に入ると四畳半に八畳の部屋が続き、押し入れの付いた中廊下もある。水洗のトイレ、台所も広かった。専用の洗濯場と物置があり、たくさんの洗濯物をどんな干し方をしても誰にも遠慮しないで使える庭もあった。

引っ越しの日、夫は会社が用意してくれた大型トラックに荷物を積むと、助手席に乗り込んで出発した。途中二人の実家に預けてあったタンスを積み込んだ。

私は長男を背負い、初めて地図を頼りに社宅に辿りついた。新築間もないこの家の中は青畳が広々と見え、水洗のトイレは勢いよく流れて気持ちもよく、やっと人間らしい住み家に入れたと思った。

喜びは子供にも伝わったのか、畳の上を這いまわり、アーアーと声を張り上げ、疲れると時々ちょこんと座り込み、辺りを見回していた。トラックは荷物も増えて無事に着いた。

夫はいち早く部屋を見渡すなり、すかさず言った。

「これは広くて良い」

引っ越し荷物は次々と運ばれた。今朝、食事の時に使っていた座卓が、急に小さく見える。

南側の二棟には、時々人の姿が見かけられたが、声は届かず静かだ。この人達は、近くの営業所勤務の家族で、今まで同じ寮に住んでいた人達だったが、今日の引っ越し組は、本店勤務の人達だった。その人達は別の場所から越してきたので、皆、初対面の人ばかりだった。

早々と物干し場を建てているご主人もいる。年齢は異なっても同時入居は快いものだった。

夫は次の日から変わりなく出勤を始めた。長男を抱いて雑木林の入口まで行き、小さい手を振らせて「バイバイ」を教え、夫を見送る毎朝が始まった。

家族寮の人達の大半は、未だ六畳一間の暮らしをしているのに、こんなに広く、恵まれた社宅に入居できた私は、初めてこの夫と結婚した幸せを感じていた。

「通勤時間が多くかかると、それだけ読書時間がなくなるので困る」

と、あれほど言っていた夫だったのに、今までより四十分も多くかかるこの社宅から、愚痴も言わず出勤し、夜遅くまで読書を続けている。

「良き妻にならねば」

と、私は改めてそう思うのだった。

家を建てる

「貴女達は、まだ家を持つ気はないのかしら。もし、その気があるなら、近くに安く売ってくれそうな土地があるらしいですよ」

姑から出た突然の話に、私はその日、四歳の長男を連れたまま地主を訪ね、その土地を見せてもらった。

駅から歩いて三分、大通りから少し入った静かな住宅地になる所で、今は芋畑になっている。

私は一目見るなり気に入った。早速夫に相談したところ、社宅に住める利点を並べ始めはしたものの、結局は同意した。

「土地を買うなら百坪は欲しい」

と言う夫の夢を果たすべく、何度か交渉を重ねているその時、長年この地に住んでいる叔母のことを思い出し、仲に入ってもらったのが幸いしたのだろう。急に交渉が進み、道路寄りの土地七十坪を売ってもらえることになった。

百坪には及ばなかったが夫も喜んだ。

土地の売買契約も済み、同時に大工との請負い契約も成立し、住宅資金の交渉、間取りの設計など慌ただしい毎日が始まった。皇太子殿下御成婚パレードが行われた時である。

待望の上棟式も済んだ直後、大きな台風に見舞われ、建築中の家が倒れるのではないかと思われる心配もあったが、たいしたこともなく、大工さんにも恵まれ、若い二人の建てた家にしてはしっかりしたものが出来上がった。

引っ越しの日は決まった。

ところが、引っ越しの三日前になって、夫の頼んだトラックが急に都合がつかなくなった。私は雨の降る中を、子供を連れて近くの運送屋に行った。急な話で、希望する車はどれも予約済みであった。仕方なく大型の三輪トラックをまわして貰うことができた。

これで予定日に引っ越しができることになったが、心中は穏やかではなかった。運送屋の交渉などは、男の人のする仕事ではないか。ましてこの雨の中、女房、子供を走らせ、自分は机に向かって本を読んでいる。子供の小さい手は雨に濡れて傘を持つ指は冷たく、かじかんでいた。

十一月二十一日、引っ越しは始まった。

国分寺に来て三年半、家具は増え、大きく見えた三輪トラックに荷物は満載となった。夫は助手席に乗り出発した。最後の掃除をしながら、ここに来た時のことが想い出される。子供はこれまで社宅中の人達に親切にされ、友達に困ることもなく、広々とした敷地内を自由に遊びまわっていた。

私も少しは大人になったように思えた。

私と子供が新しい家に着くまでには、荷物はとうに着いているものと思っていたのに、トラックは待てどもも待てども来なかった。

やがて遠くから夫の声がする。

「道が狭くて車は家の近くに寄せられないから、大通りに停めてある。荷物は手渡しで運ぶことになったので、手伝ってくれ」

その声も終わらぬうちに、今日の引っ越しの日を知っていた大工さん始め職人さん数人が、車から荷物を運び始めてくれた。私は、どこに車が停められたのかも知らずに、引っ越しは終わった。

この日手伝ってくれた大勢の職人さん達が洋間の板敷の上に車座になり、酒宴が始まった。この人達は家族のような思いで、家の完成まで交わってきた人達だった。そして今日の引っ越しを自分のことのように待っていたことが感じられて、私は心から嬉しかった。

この日も、姑が手伝いに来てくれていた。姑が来てくれなかったら、引っ越しのお祝い酒の用意も思いつかないことばかりだっただろう。若い時、工事現場の監督をしていた夫に仕えてきた姑は、実によく気が付き、手慣れたものであった。水道もまだ使えず、近所の家に水をもらいに行ってくれたのも姑だった。

お陰で引っ越し祝いも気持ちよくできた。

それにしても、荷物の到着が遅れたのは、社宅を出て五分も走らない所に切り通しのようになった急な坂があり、その坂が、二日前に降った雨のために路面がぬかっていて、車がスリップしてしまった。そして荷台の荷物が崩れ落ち、積み直しに時間をとられたのだそうだ。

荷物の積み込みの時、人任せで、夫は物指しを二本持っただけの人だったから、途中で出遭ったこの事態に、どんな手伝いをしたのだろうか。思えば気の毒な人でもあるし、ふき出したくもなる。

電燈の灯りを目指して、カナブンが勢いよく飛び込む。畑の中の家で、雨の日には道がぬかり、長靴をはいて駅まで出かける夫には、お伴が必要になった。しかし自分の書斉を持てた夫は、そこに椅子を並べ、お茶を運ばせてご満悦であった。

単身赴任

入社以来本店勤務だった夫が、茨城の営業所の辞令を受けた。家族と離れて暮らしたことのない夫のショックは大変だったらしく、会社からの電話でも想像できるほどだった。

私もまた信じられぬことで、今まで経理ばかり担当してきた夫《ひと》が、営業所の所長になるのだから、栄転とはいえ、喜べない思いであった。

「家の中で、お殿様的存在の人が、一人で暮らすのでは仕事にも影響するかもしれない。いっそ家族全員が引っ越しする方が良いのでなかろうか」

と考え、不動産屋に相談に行った。

しかし、仕事の引き継ぎも終わった一週間後、営業所員が総力をあげて探してくれたお陰で、お年寄り一人が住んでいる家で、食事の用意もしてくれる下宿屋が見付かり、夫は単身で赴任することに決まった。

私は夫の身を案じ、かつまた二人の子供を躾《しつ》けることの不安を抱きながら、単身赴任の用意を整えて、会社から差し向けられる車の来るのを待っていた。ところが車の来る直前に夫から電話がかかってきた。

「支店長が、土浦にある独身寮に入った方が良かろうと薦めてくれたので、独身寮に入ることになった。荷物は土浦に運ぶようにトラックの運転手に伝えてくれ」

他人様の家で迷惑のないようにと、あれもこれも用意した物は無駄になりそうだ。迷っているうちに車は門前に止まった。

夫は独身寮に長くいられるだろうか。いっそ用意した荷物は全部運んだ方が無難かも知れないと考えて、トラックに積み込んだ。

運転手も届け先の急変に驚きながら出発した。

子供二人を親戚に預け、初めて常磐線に乗り土浦駅に降り立つと、そこにはもう夫と課長さんが待っていた。

本店から所長を迎えるのは始めてとあって、課長以下緊張した雰囲気でいることが感じられた。

独身寮は、蓮田に囲まれた鉄筋三階建てで、六畳の部屋に二人入居できるように、洋服タンス、棚が二つずつあり、夫の荷物は既に運ばれていた。

独身寮は、食事はもちろん賄い人が作ってくれる。広い食堂の隅には自動販売機も置かれ、風呂は夕方から自由に入浴ができて、広い浴室の隣には洗濯機、掃除機まで用意されていた。これでは柳行李一つで入寮しても困ることはない。

「一人で寝るのは怖くて心配なので、初めの一晩だけ泊まっていってくれないか」

臆病者の夫は、寮管からもうすでに許可を取っていた。

夕食は、人より遅れてこっそりと片隅で食べたが、寮内では早々と知れ渡っていたらしい。

隣の部屋は別の営業所に勤務する総務課長さんで、その晩、寮の決まりや、暮らし方など課長さんからお聞きできたこともあって、私は安心して家に戻ることができた。

その後、緊急用に自宅にも保安電話が引かれるなど、会社は万全の配慮をしてくれた。

週末には、ボストンバッグにはち切れんばかりの洗濯物を積め込んで帰宅する夫だが、慣れるまでは、

「野菜不足なので、果物を買って来てくれ」

「蚊がいるので蚊張を持って来てくれ。そのついでに、営業所にも立ち寄らないか」

「風邪を引いたので来てくれ」

などと、用事を言いつけた。

そのたびに、常磐線に揺られて出かけて行っては、のれんの如くに部屋に下がっている衣類を整理し、掃除して、休む暇もなく帰宅する日帰りの土浦行きは、私にも大変なことであった。

夫は四十二歳の厄年。営業所の安全祈願のために、護摩をたいてもらったり、自宅の垣根をブロック

塀に直し、門扉まで付け、犬を飼って防犯に備えるなど、夫の転勤は家族にとっても大変なことであった。

それでも夏休み恒例の家族旅行は、大洗の保養所で海水浴ができただけでなく、会社の人達との交流も深まり、初めて社会に参加できた楽しさを味わえた時でもあった。

長いと思われた単身赴任の生活も三年間で終わった。

想い出の麦畑

欅の大木に囲まれた家々、江戸時代の頃から住み着いた人達が代々家を守り継いできた人達の集落、これが柳窪《やなぎくぼ》と呼ばれた所で、大きな地主五、六軒を中心にして農業を業《なりわい》とした人達が住んでいる。どの家にも広い庭があり、庭が作業所になっている。

真夏の太陽が照りつけるその庭に筵《むしろ》が一面に敷きつめられていて、脱穀したばかりの麦が干されていた。その場に立っているだけで蒸し暑く、この筵の上で麦を自然乾燥させる。三日も繰り返して干すと完了となる。乾燥不足を貯蔵すると、かびが出てしまい使い物にならない。充分乾燥させた麦は俵に詰めて倉や物置に保存、または「供出」といって政府に買ってもらうのだ。「床物干し」と言っていたこの干し物の作業を私と妹と二人で夏休み中によく手伝わされたのを思い出す。大麦はお米と混ぜて毎日の主食になり、小麦は製粉場に出して、小麦になる。

田んぼのないこの柳窪周辺の畑は、陸稲を作っていたが、それは自家用でごく僅かであった。

十一月三日は、明治節で学校は休みだった。この日麦蒔きの手伝いをしたのを思い出す。畑は平らに均《なら》されている。その上を縄を引き合って筋を付ける。その線に沿って鍬《くわ》で柵切りをする。その溝に堆肥を置き、その上に化学肥料をかける。そこを足を使って土をかけ踏みつけて平らにする。その上に麦の種を少しずつ蒔き、また土をかける。土をかけた上を足で踏みつけて種蒔きは終わる。

大麦は三十糧くらいの間隔で蒔き、小麦は細長く一面のばら蒔き方法なので、蒔き方で何を蒔いたのかわかるのだ。

何はともあれ種蒔きには同じ場所を人が十回近くも行ったり来たりの仕事が必要なので、大勢の人が手伝うと楽しくはかどる。それで、子供も大人も総出で手伝うことになる。

堆肥を置く人は重労働だ。大ざる一杯に堆肥を入れ、それを輪にした紐を作って抱え持って歩きながら堆肥を落として行くのだから、腰も痛くなる。大柄な力のある人でないとできない仕事だ。この種蒔きは、十月半ばくらいまでにしないと麦の成育に影響する。発芽が遅れると冬の寒さと霜柱に消えてしまう。早く伸び過ぎてもいけない上に、伸びなくてもいけないというわけだ。

一月二月の寒い最中に麦踏みが行われる。霜に持ち上げられた麦を足で一つ一つ踏んで土離れのないようにする。広い畑を北風が吹き付ける中を立ってするので身体中が冷えてしまう。厚い綿入れ半纏《はんてん》、手袋をし、頭をほおかぶりして麦踏みする男の人の姿をよく見かけた。二人で話をしながらすると飽きずに済む。

春になると一斉に麦は伸びて、私の通う西分校の学校までの長い一本道の両側は緑の麦畑が広がる。この緑の風の快いこと。麦の株間に巣を作ったひばりが空高く飛び上がりさえずる。そして間もなく麦の穂が出始める。穂先が黒い粉の付く「黒ん棒」が出ると麦畑に入り込み抜き取り、その茎を使って麦笛を鳴らして遊びながら学校帰りしたことが懐かしく思い出される。

七月には茎《くき》は黄色に変わり、風に吹かれてカリカリと音を立てる麦畑。そして刈り取りが始まる。その頃には、麦の根本に植えられた薩摩芋の葉が顔を出す。刈り取った麦を束ねて家の庭に運び込み、そして、近所が助け合って脱穀をする。大きな発動機の音と脱穀の際のザアーザアーという雑音が村中に響き渡る。広い庭が作業場なので家は雨戸を立て、人々は手拭いをマスクのようにして後ろで縛り、目で話をしながらの作業、それでも顔は埃で真っ黒、口の中はガラガラだ。脱穀した麦がらが束ねて積み上げられると、子供達はそれを抜き取り、虫かご作りで遊んだ。

お昼のおにぎりは飛ぶようになくなる。久しぶりのお米だけのおにぎりは、美味しかった。母は家の中でいつも食事作り。キュウリのぬか漬け、なすの押し漬け、お味噌汁が懐かしい。そして、皆の顔はなぜか幸せ一杯の笑顔に包まれていた。

脱穀した麦を掻き出して、袋に入れる人、飛び出した小さな麦がらを熊手で除く人、麦束を小分けにして脱穀する人に渡す人、子供は束ねた長い麦がらを庭の隅まで運ぶ係だ。皆働いた人の顔がそこにあった。刈り取られた麦畑の後には薩摩芋や大根が育ち、それがなくなるとまた、十一月の麦蒔きが始まる。

昭和前半の柳窪の麦畑は五十年後の現在、団地ができたのを始めとして次々と畑に家が建ち、工場もできて広い道路が延び、昔の風景は消えた。大変な農家の作業もなくなったが、それでも私の心の中には、いまでも風にそよぐ麦畑がある。

メロン

長男のところからお中元が届いた。「石狩メロン」のレッテルが貼られた大きなメロンが二個、木箱の中に入っていた。

最近は、メロンも珍しくなくなったが、二十年も前には結婚式の披露宴のデザートや、時たま招かれた食事会くらいでしか食べたことはなかった。子供の誕生祝いのデコレーションケーキの上に飾られているメロンは小さなかけら同様のもので美味しくもなく、自分で買って食べることなど本当になかった。病気見舞いの品として人様に贈っても自分のためには縁のない品物の一つだった。

しかし、最近はメロンも季節になると格安のものがどこの八百屋の店先にも並べられるようになり、私もアムスとかアンデスとかのメロンをいつも買っておき、心楽しく食べるようになった。冷やして食べると本当に美味しい。しかし、メロンの食べ頃が意外に難しい。あまり置き過ぎて時を逸すると、甘みも去って味もなくなるし、早すぎるとごりごりとしてまずい。

今年の六月末に、私は北海道に旅行をしてきた。道東といわれている知床と霧の摩周湖、マリモの阿寒湖などを見て、往復とも飛行機だった。出かける時、お土産にメロンを買って親戚中に配りたいと意気込んでいたのに、いざ物産店に立ち寄ってみると、東京の八百屋に並んでいるそれよりはるかに高い値段である。鮭もしかり、蟹もしかり、馬鈴薯までそうなのだから、ただ呆れるばかりで、見るだけのショッピングと相成ったのである。

旅からの帰途、息子の家に立ち寄り、「夕張メロン」は高くて買えなかったことを話したのだった。長男夫婦は気の毒に思ったのだろう。それで、中元にメロンを贈ってくれたに違いない。

そう言えば、次男が独身の頃、北海道に行った時、メロンを一個送ってきた。

私は嬉しくもあり、もったいない思いも手伝い、棚の上に飾っておいた。

そんなある日、会社の独身寮にいる息子に電話したついでに何気なく、

「あのメロン、まだそのままなんだけど、病気のおじいちゃんのお見舞いにしようかしら」

と話をしたところ、すごく怒られた。

意を決して包丁を入れたら、中が赤くて、私の初めて見るメロンだった。夫と二人きりで食べたそのメロンの美味しかったこと！

息子が「親に食べさせたい」と思って送ってくれたその心根が、その時わかり、私は涙ぐんだのを思い出す。

長男から届いたメロンは楕円形で、まだ固い。主人はそのメロンを見て、

「これは、いくらくらいするんだろう」

と私に聞く。私は、

「私も初めて見るメロンなので、わからないけど、五千円はくだらないでしょうね」

「僕はそんな高いメロンより、トマトジュースでも送られた方がいいよ」

と、のたもうた。

年金で暮らしている私達だが、息子達よりまだ金持ちだと思っている。旅行ができて、本は山ほど買っていても、珍しいメロンは買えない二人なのだ。

長男も次男もそれを知っている。それでメロンを送ってくれたのだ。

中国の故事に、親に食べさせたくて、冬の最中に川の氷を割って魚を捕り、親に食べさせたという話があるが、わが二人の息子はそんな話は知ってか知らぬか、同じ思いだったのだろう。

私は夫に
「このメロンは何としても私達二人が食べるのが息子に対する礼儀というものね」

と話した。

私は、早速ハガキに長男からの中元の御礼を書いた。

「メロンが届きました。二つのメロンは若くて元気です。いつ食べ頃になるか楽しみに待っています。ありがとう！」

悦子

書き初め

昔人已乗黄鶴去
此地空余黄鶴桜
黄鶴一去不復返
白雲千載空悠悠

筆の持ち方も運び方も知らない。しかし一途に書いた。何べん書いても自分の思い通りにはいかない。部屋中が墨の付いた紙で埋まる。どれか一枚くらい様《さま》にならないかと紙を大きくしたり半分にしたり細い紙にしたりと工夫する。何も知らずただ書くのみ。少しは良いかと思える一枚を壁に貼ってみた。

一月一日、主人が亡くなって初めてのお正月は年始の客はいない。かといって喪中の身は勝手に家を出ることもならず一人静かに筆を持って夜まで遊んだ。疲れたが、心は充実していた。これが正月の書き初めの第一歩になった。

妹がぶらりと訪れて来て、この漢詩を見て、

「お姉さんもやるじゃないの。結構いい線行ってるよ。初めてにしては」

次の年、新聞の切り抜きを手本にし、南無阿彌陀佛を書いて仏前に貼り付けた。正月一回の書道の勉強、それでも一年毎に上手らしくなってきた。そして楽しくなってきた。

今年、一月一日の私流書き初めも七回目になった。四時間休みなしに書き続ける。三十枚以上も書いて終わりとする。上手にならない。諦めの境地で終了するので、良いのは一枚もない。

二日、二人の息子の家族が全員久々に集まった。その時、前日に書いた書き損じの束をぱらりと見せた。その後で、小学生の二人の孫に書き初めをするかと聞いてみたら、書きたいと私をせかす。学校の宿題の書き初めがあるのだという。二人の孫は向かい合って、書き始めた。一時間も続いただろうか、六年生の孫は、

「創造する心」

を書き初め用の半紙を使って上手に書き上げた。台紙に貼り付けて床の間に飾り、そこに立たせて写真に収めた。これを見ていた二年生の孫は、

「僕、また書いてこよう」

彼はお兄ちゃんと同じ長い紙を使って、一人二階で黙々と書き、階下に降りてきて皆に見せた。

「はる　なつ　あき　ふゆ」

前回より上手に太く書けていた。名前も上手に書いてある。私はお兄ちゃんと同じように台紙に貼り付け、お兄ちゃんの書と並べて床の間に掲げ、孫を立たせて写真を撮った。小さくても一人前に頑張っている姿、この下の孫は半紙に二十枚も書いていた。それを全部きれいに重ねて大切に袋に入れて持ち帰った。もちろん、床の間の二本の書は丁寧に巻き付けて、お土産にしている。嫁の実家のおじいちゃん、おばあちゃんにも見せていることだろう。

私の下手な書でも孫の手本になっているのだろう。

久々に良い正月になった。

平成十六年一月十日

壷

一

「人生七十古来稀なり」。人ごとのように思えたこの言葉だったが、私もあと半年もすると古希を迎える。幼いときは病弱だったのによくここまで生きてこられた。そして人並みの苦労は味わってきたつもり、でも、こうして元気にいろいろなことを乗り切ってきたのだから、それはそれなりに幸せの部類に入るのだろう。

ある日のこと、近くのスーパーに行くと「中国物産即売」の看板が目に止まった。雑然と置かれた品物の中に、紺地に花鳥が描かれた大きな壷があった。私は買い物のこともすっかり忘れて眼がその壷に集中し、棒立ちになってしまった。ヨーロッパ旅行の折に見学した宮殿には、各部屋に大きな壷が置いてあって、その中に部屋のにおい消しの香が入っている、という説明を聞いた。フランスのマリー・アントワネットの部屋のそれには及ばなくとも、私がこれまでに集めた花瓶や酒徳利の類からすれば、この壷は桁外れに大きいものだった。私はその場から立ち去れないで壷に見入っていた。この壷を小さな我が家のどこに置いたら様になるのだろう? 考えてみたが思い当たらない。それでも私の体は釘付けのままであった。一万八千円の値札がついている。いつの間にか中国人の店員が近寄って来ていた。

「奥さん、よい壷でしょう。おひとついかがですか。この値段でこんな良いものは二度とお目にかかれませんよ。中国では牡丹、鳳凰、葡萄は蔓が連なっていて、みんなおめでたい絵ばかりの壷なので、お家に飾っておくと家が栄えるから買っていかれるといいですよ」

そしてまた続けて、

「これは磁器でできているんです。粘土をこねて作ったものではなくて、石を砕いて焼き上げたもので、叩くとキンキンと金属的な音がします」

と彼は叩いて音を出してみせ、三千円負けるという。そして、

「少し前のお客さんには売らなかったんですが、貴女のようなお客さんなら売ってあげる」と。

「一万五千円、悪くない」

いつもの悪い癖が出て、これを私自身の、自分からの古希祝にしようと言い聞かせた。店員は、この壷が好きになった人に買ってもらうと、私も嬉しいと愛想良くなって、

「七十万で買ったと言っても本気にされますよ」

などと言う。

なぜか私もそう思えた。彼は壷をダンボールに入れ荷作りを始めた。そしていそいそと壷を駐車場の私の車の後ろの座席に積み込んでくれる。

家に持ち帰る途中、この壷をどこに置いたらいいか、それよりも人の笑いものになりそうな気がして、急に困った買い物をしたのではと少々後悔も入り混じってきた。近所の人に見られないように急いで家の中に運び込むと荷解きをはじめたが、一抹の不安の想いが消えなかった。

ところが、ワンルーム風の部屋の床に置いてみると、意外にも様になっているように思えてひとまずここに落ち着いた。

「一人暮らしの自分の家なのだ、自分がいいと想えばそれでよいのだ」。

それからというもの、お茶を飲みながらも、布団に入って寝つくまで飽きずに壷を眺めては満足だった。これまで頑張って生きてきた自分に対する褒美の品として、あらためて眺め、悦に入っていられる。良いものに巡り合ったと心から思った。

二

一か月ほど経ったある日、兄夫婦がやって来た。そしてチラリと視線を動かすと床の間の壷で止まった。

「そこにすごいものがあるじゃないか」

「すごいでしょ！　イトーヨーカ堂で買ってきたのよ」

「どうやって運んで来たんだ？」

「車の後ろ座席に積んで来たの」

「うーむ、俺にはこんなすごい買い物はできないな」

「一万五千円よ」

値段を聞いた兄はまたも驚いた様子であった。

「この家に置き場所がなかったら、お兄さんの奥の床の間にでもこっそり置かせてもらおうかと運んでくる途中思ってたの。でも、置いてみたらここの床の間でもいいと壷が言っているようなのね」

「なんなら俺の家の床の間に飾っておいてあげてもいいよ」

兄もこれは良いと思ったのだろう。でも、兄のところに置いたら、たぶん一生返してはもらえないだろう。


大晦日は一番上の孫の誕生日だった。九月から私のところに来て暮らしている孫を床の間の前に座らせて、記念写真を撮った。孫の成長が嬉しい。一緒に暮らすと言ってアメリカから一人で来たという行動も嬉しいことではないか。そして、この壷も私の大切なシアワセの一つになっていた。

明けてお正月、次男一家がやって来た。私は床の間の壷がちゃんと見えるような角度に座らせると、また記念写真を撮った。

「あの壷はどうしたの？　すごく高かったでしょ」

と次男はあからさまに言う。私の無駄遣いを咎《とが》めるような顔付きと物言いである。私はまたイトーヨーカ堂でたまたま買ってしまった話をする。

「ほー、それは安い。ふーむ」

と唸り、ソファに横になりながらゆっくり眺めていた。

そしてやおら口を開くと、

「どう見てもあの壷は上の方が少し歪んでいるように見えるけど、一度平らなところに置いて水を入れてみるとわかるよ。やってみたら」

「あら、それでは疵物ということね。わたしにはそんな風には見えないけど」

私の、壷に対する熱も少々冷めかけてきたようだ。

それから数日後、畳屋夫婦が表替えの代金を取りに見えた。奥さんは一緒に手芸をしたこともある古い友達だった。お茶を飲む。チラリと壷に視線が走って、

「奥さん、あの壷はどうしたんですか、色も形も良いし、すごく高い買い物じゃないですか？」

この人達は、二十年前の景気の良かったころに何百万もする「金」の置物を買わされた話をし始めた。

どうやら、私が騙され買わされたと思ったようである。私はまたありのままの説明をすることになった。

「それは安い買い物をしましたね。七十万でも八十万と言っても通用しますよ。一万五千円だなんて言わない方がいいですよ」

私がいま住んでいる所は雑木林を宅地開発したもので、父の土地であった。書類上は農地となってい

たため、父から、「何か作ってみないか」と言われ、野菜でも作ってみようかとこの狭い土地に長靴姿でウロチョロしていた。そのとき元銀行員のTさんと知り合いになり、付き合いが続いているが、そのTさんが奥さん手作りの朴葉ずしを届けてくれた。目ざとく、

「大きい壷が来ましたね」

「大は小を兼ねると言いますけど、これはちょっと大きかったかな」

と私。

「格好が良くて奥さんには似合っていますよ。部屋にも釣り合っているし」

と逸らさない。さすがに値段は訊かない。

「息子がインドネシアの土産と言ってくれたペンギンが貯金箱になっていて、それがまぁどうしようもなく大きくて、部屋の隅に置いたんですよ。そこにいつの日からか買物釣銭の百円玉ばかり入れ始めたら、今じゃ一人では持ち上げることもできなくなっているんでよ。数えてもみないけどずいぶん貯まっているな。奥さん、あの壷に百円玉を入れ始めたらいいですよ。まさか誰もお金が入っているとは気付かないでしょうし、底が深いから手も届かない。貯まりますよ。何百万も入るでしょう」

「入れるたびにチャリンチャリン、もっと入れてーと音がするのね。これでは私も何も食べず、着ることもできず、壷だけが重くなって、私は軽くなるのね」

二人は笑い合った。

老人会で隣のクラブの会長が会計の相談に見えた。奥さんは踊りの師匠である。用件も終わると彼はよほどこの壷が気になっていた様子。でも、自分の奥方の踊りの上手いこと、会員が多く、都老連芸能大会に踊りで優勝したなど自慢話をした後なので、すぐには気軽な話はできなかったのだろう。今度は床の間に両手をつき、お茶席の掛軸拝見よろしく、壷拝見である。

「この壷は中国の景徳鎮の磁器のようですね。立派ですね。景徳鎮は絵付けの際、線より色がはみ出さないように描かれたものが値打ちがあるそうです」

「そうですか、私は何もわからず、ただ気に入ったので買ってきただけのもので」

私も一緒に畳に座り込んで絵付けの具合に見入った。すると、描かれている葡萄の葉の色が紺地の上にはみ出したところがあった。

「何しろイトーヨーカ堂の物産展で安いので買ったものですから」

格好つけて心得顔に鑑定眼をひけらかす人にこれ以上話すことなど何もない。

そうこうして、畑友達のTさんの話を思い出し、少しばかりのお金を贈答用の小さな四角の海苔缶に入れ、銀色の紙袋に包み込み、ゴムひもで留めて、壷の中に落とした。また一つ、通帳類を黄色の袋に入れ、紐を長くして落とした。壷の底は大人でも一生懸命伸ばさないと手が届かないくらい深い。日頃、どこに通帳をしまったか考え込むことの多い私でも、ここなら必要な時にすぐに出せるし、しまい忘れもなくてすみそうだ。火事になっても残るかもしれないと思った。

壷の上部の頚の口径は十二、三センチ、立ち上がりは三十センチ以上である。たとえ病気になった時でも、

「貴重品は壷の中にあるからね」

これで済む。泥棒も気付くまいと安易に考えていた。ところが、遊びに来た二人の孫が壷を覗き込んで、

「おばあちゃん、この中に何か入っているよ」

と言うではないか。孫の手ではもちろん届かないが、子供は大人より壷の口に顔を近づけるので中が見えるのだった。私は慌てて、

「二人とも壷に近寄ってはだめよ。倒れて割れたら大変だからね。おばあちゃんの大切なものが入っているので中を見てはダメ！」

孫のお陰で自分の馬鹿さ加減が知れてしまった。

アメリカに送った孫の誕生日の写真を見た嫁から電話が来た。

「お母さん、あの壷、素敵ですね。どうしたんですか」

良いものに眼の利く若い人達だ。「もしや…」と、そのとき頭をかすめた。

三月に息子（長男）を一人置いて、嫁ともう一人の孫が帰国することになったとの知らせ。そして、帰国早々に古希祝いをしてくれるとのことである。

「お祝いに何かお贈りしたいのですが、お母さん、おっしゃっていただければそれにしますので、何か欲しいものございますか？」

この嫁は私と違って実に頭がいい。いつも負けてしまう。

「この年になると欲しいものはなくなるのね。着るものも品物もいま整理している最中ですし、これといって思い当たるものもないし。あの壷にしてくださってもいいわね。考える手間もはぶけるし、私のお気に入りのあの壷にしてください」

会社の出張で帰国した長男の日程に合わせ、古希祝いの会食が持たれた。兄夫婦から初めて大きな花束を贈られたりで、久しぶりによそいきの楽しいひと時となった。

壷の底にはこの日を記念して、

「　　昭和七年三月六日生
　母　悦子古稀祝に贈る
　　　　　長男　洋
　　　　　次男　実　」

と書き込まれた。

三

我がために集い祝わん人ありて
人生七十花も実のらむ
平成十四年三月二十四日　悦子

このたびは古稀の祝いをしていただきました植えに結構な記念品までお贈りいただきありがとうございました。

久し振りに大勢の家族に囲まれて、人生七十年、子供を持った幸せを心から味わいました。

省みると、ここまで来た人生には、実に様々なことがありました。よくもここまで生きて来たと思います。力もない私が一生懸命、一歩一歩前向きに生きて来ただけで、二人の息子達には我慢の連続と思えたこともあったかもしれない。それにもかかわらず、現在の私があるのは、よい子供達を持ったお陰と思わずにはいられません。先祖、主人、息子夫婦、孫、そして、それを取り巻く人達に感謝の思いです。

大変だった時、幸せな時、数々のことをたくさんに味わい、あっという間に七十年経ってしまったように思えるのは、幸せな人生ということになるのでしょう。

これからは人様の迷惑にならないように努め、心も豊かな「日々是好日」をと暮らしていきたいと思っています。

古稀祝いの家族写真の一人一人の顔を飽きずに見入り、良い家族に見守られている自分を心から実感しています。そして、これからもまた楽しい余生にしていきたいとファイトが湧いてきました。美しく老いるように頑張りますので、また応援してください。

このたびは、そして今までのことをあわせて御礼申し上げます。

ありがとうございました。

家族のみんながこれからも元気で明るく暮らせるよう祈ります。

平成十四年三月二十六日
母　悦子

（洋の一家様）

（実の一家様）

骨折

「いたい！」

しばらく起き上がることもできなかった。

右手を動かそうにも動かない。これは医者に行かなければ治りそうもない。何はともあれ「ほねつぎ」に行ってみよう。

「あら、どうしたんですか」

「奥さん、どうなさったんですか」

二人の人が声をかけてきた。

「どうも骨折らしいんですの」

私は歩きながらそう言い、近くの「接骨院」のドアを押した。

若い助手は、お昼休み中にもかかわらず院長を呼びに行ってくれた。椅子に掛けて待つ間も痛みのために体はくの字に曲がり、右手は下へ、下へと下がっていく。

やっと名前を呼ばれた。

「どうしたんですか」

「椅子から落ちて、手をついたんです」

先生は、説明を聞かれた後、そっと右腕を持ってゆっくり見てからおっしゃった。

「ちょっと痛みますが、我慢してください」

助手は後ろから腕を押さえ、先生は手先を持って静かに引いた。そして戻す。筆に水薬をふくませて手首に塗り、シップの布を当てガーゼを置き、その上から固定のための添木をして肘から指先まで包帯を巻いた。

「これでいいでしょう。風呂には入らないでください。今晩一晩は痛みますが、そのうち治まると思います。しかし手は使わないでください」

少し休んでいる間に痛みは和らいできた。

「先生、心配ですのでレントゲンを撮って戴けないでしょうか」

「それではうちと提携している病院を紹介しますから、そちらで撮ってきてください」

先生からの紹介状を持っていったん家に戻り、病院に向かった。私が怪我をした時、夫は確かトイレの中にいたはずだった。それなのに今、どこに行ったのかいなかった。病院は電車に乗り二つ目の駅で下車して徒歩一分ばかりの所にあった。

レントゲンを撮ってから先生の診断を受けた。

「二本きれいに折れていますが心配はないでしょう。最初の先生に治療を受けられて良いと思います。包帯もしっかり巻いてありますからこれで大丈夫と思います。レントゲンのコピーを先生にお渡しください」

若い医師から渡された手紙と、コピーを持って接骨院に戻り、病院での診断を伝えた。

「私も同じことを先生に書いてお渡ししたんです。どちらも同じで良かった」

私には何にもお話しくださらなかったのに――。

「それにしても貴女は気が強い人ですね。患者の顔を見ればどの程度の怪我か判断ができるんですよ」

自信に満ちた話し方であった。

本屋さんも、洋品屋さんも私に声をかけてくれたのは、私の顔が徒事《ただごと》でない表情だったからなのかも知れない。

骨折のショックはまだ消えていない。それにしても近くに医者がいるのは助かる。

接骨院から戻ったのは四時半を過ぎていた。夫の姿はない。どこに行ったのだろう。

私は昼食もとっていないことに気が付いた。お茶を飲もうとしたが茶つぼも開けられない。椅子に掛けてぼんやりしていると夫が帰ってきた。

「大分時間がかかったようだが、どこに行って来たんだ？」

「貴方、骨折してしまったんですの。それも右手首を」

「いたい！　と大きな声とすごい音が聞こえたので何かあったな、と思ったけど、骨折までしてたのか。それは大変だ、それで？」

「すぐそこの『ほねつぎ』に行って治療を受けてから、レントゲンを撮って貰いに病院に行って診断を受け、帰りにまた『ほねつぎ』に寄って今、帰ってきたところなの」

「へえー。俺は何かあったらしいと思ったが、何か言葉をかければ悪い結果になりそうなので黙っていたんだ。『あなたが何もしてくれないからよ』と言われるに違いないからな」

夫はいつもの態度ではなかった。右手を吊った哀れな女房を前にして強い言葉は言えなかったのだろうか。それとも余りにも女房任せの自分の態度が申し訳ない思いにさせたのだろうか。

「痛むのか」

「じいーんと痛むのね。静かに歩かないと響くんですよ。今晩一晩は痛みますって先生がおっしゃってたわ。お風呂も入れないし、食欲も出ない。何もできないのでこのまま寝かせてもらいますね」

「俺の食事はどうするんだ」

「昨日のおでんが残ってましたから、それと冷蔵庫の中を見て適当にしてください」

私は左手と足を使って布団を敷き床についた。


十一月十日、私は早くも障子洗いを始めた。

昨年は実父の看病のために、掃除どころかお正月の集いもできなかった。二年もそのままの障子は黄ばんでいる。早く明るい障子に変えようと心は弾んでいた。七枚の障子の張り替えはあっという間に終わった。残りも今日のうちに終わらせようと、台所の水道の蛇口からゴムホースを引き、タワシを使って洗い始めた。水仕事を始めるのは実に億劫《おっくう》なものなので、ついでに網戸も洗ってしまおうと一気に驀進《ばくしん》を始めた。

最後の網戸を洗い終えたとたん、疲労と空腹を感じた。椅子の上に立っていた私は何の考えもなく廊下に飛び降りようとしたその時、体が不安定になり尻餅をつきそうになった。とっさに後に出した右手が支えとなって腰は助かったものの、手首の怪我となったのだった。

「お正月が来るからって障子の張り替えも、掃除もすることはない」

夫はいつもこう言って何もしない人である。本当に自分は手を出さない。私も同じだったらこの家はどうなると思っているのだろう。

骨折の処置後は、時間の問題だ。気にすることはない。右手は使えなくても夫は毎日元気で家にいる。困ることはない。自分のことはお互いに自分でするようにすれば良いのだ。

こう考えたら気持ちは明るくなった。

「食器洗いはどうしてもできないのでお願いね」

「よし、それだけはしてやる。ゴム手袋をたくさん買ってきてくれ」

ピンク色のゴム手袋をして、夫は気持ちよく食器を洗ってくれた。散歩に出かけた帰りに時々買物もしてくる。

食欲のない私は梅干しと、おかゆをすすっていたそんな日に、八百屋の店先で美味そうな薩摩芋が目に入った。子供の頃に、薩摩芋をたくさん蒸《ふか》していつでも食べられるようにしてあったことを思い出した私は、その日から食卓の上に茹でたさつま芋を乗せておいた。箸を使わず左手で持って食べられる。そして小魚もつまんで食べた。私は次第に食欲も出て、骨折のショックは薄らいできた。

突然、妹が訪ねてきた。

「お姉さん、骨折したんですってね。今、義兄さんから聞いて私、悪いけど笑ってしまったの。お姉さんのしそうなことよ。それでも義兄さんは嬉しそうな表情《かお》で、これで当分家に落ち付いているだろうって。それにしても包帯した手でお姉さん今、どこに行ってたんですか」

「コピー屋さん。私も初めこれでは何もできないので家にいるほかはないと思っていたのね。でも朝になってみると、詩吟は声を出すだけなので行こう。研習会は聞くだけなので欠席することはない。民謡は会計を預っているので行かなければ迷惑をかけることになる。と、そんなわけで包帯をしているのに出歩いているものだから、大勢の人に知れ渡ってしまい、恥を晒しているの。

詩吟の先生は静かにお祈りしてくださり、お友達からは『働きすぎなのでゆっくり休養しなさい』と言われると、私自身の反省の機会とも思えるのに、何もせずにいるのは大変なことで、手を使わずに今できることを考えてしまうのね。そのためまたも忙しく歩きまわる結果になり、家にはいられず、性分はなかなか直りそうもないわ」

私の話にあきれ顔の妹だったが、その後忙しい中を時々お鍋いっぱいの料理を持って来てくれた。これが今までの味気ない食卓と、心をどれほど和ませてくれたことか。

離れて暮らしている息子の所からは「おふくろの味」なる缶詰が大量に送られてきた。きんぴら、里芋の煮付け、ひじき、味つけ鰊、切り干大根など。

早速味わった夫は、

「これは高価なお見舞いだ、こんな高価な缶詰よりきざみキャベツを送って欲しいよ」

と、言いつつ目を細めていた。夫はきざみキャベツができなかった。

私達の様子を心配していた息子夫婦は、会社の出張を理由にやって来た。嫁は甲斐甲斐しく料理に専念してくれた。

大勢の中で食事のできた私達二人は、本当に生き返った想いにもなったし、一家が帰った後、冷蔵庫の中に、ぎっしりと料理が詰め込まれていたのには感激だった。

一か月経っても右手は使えない。それでも行く先先で気遣ってくれる人がいる。荷物を持ってくれたり、気晴らしをさせてくれる友や、骨折に対するアドバイスをしてくれる人もいる。

「こんなに大勢の人に親切にしてもらえてお前は幸せな人だなあ」

と、夫はしみじみと言っていた。

右手を負傷したお陰で、年末にはアイスホッケーの観戦にも行けた。お正月には初めて家族揃って初詣での後、遊園地で孫と遊ぶこともでき、親密度も増し、大変なお殿様と思えた夫も、少しずつ変わり、この調子ならこれから先も何とか暮らしていけそうに思える。

「お前が家での仕事中に起きた事故だったから、こんなに調子良くいったが、これが遊びに出かけてのことだったらこんな風にはいかなかったと思うよ」

夫のこの言葉は迂闊《うかつ》には聞けない。

ともあれ骨折よ、「ありがとう」と言いたい。

妬《ねたみ》

女性が集まると話題も豊かになる。大勢の人の中には多くの話題を持っている人、聞き役の人、行動力のある人、助《すけ》っ人《と》の人、静かな人、賑やかな人、明るい人、暗い人と、さまざまな性格の人がいる。その人の特技を一様に認め合っていれば問題は起こらない。しかし自分にできないことが人にできると、人によっては妬み心が強く働き始める。これは本当に困ったもので、明るく善意のことも悪く評価されてしまう。

一つの行動でも見る人によって十人十色の見方が生まれる。

女性の会は長く続かないのが普通なのだそうだが、これは妬み心が出るからだろう。私は女性だけの会に数多く参加している。そして失意に近い状態にまでなったことも、胃が痛くなり人に逢うのも嫌になったこともある。

それが今では平然としていられるまでになれた。妬のために不幸を買うなどもうこりごりと思っている。

人に妬まれるほど幸せを多く持っているのだと思い直したその時から心が強くなってきた

のは不思議である。

人を妬むのは見苦しいことだ。人の妬みに負けてもいけない。正しいと信じて実行したことを笑う人は笑え。妬む人は勝手に妬みたまえ。他人《ひと》は他人《ひと》、我は我なり。赤々と燃える太陽のように心の温かい人になろう。そしてこれからの人生でどれだけ人に幸福を投げかけられるか勤めるのもまた一つの楽しみにしたいものだ。

完璧と寛容

「見合いの後、街に出かけたその時、俺の歩調に合わせて黙って後についてきてくれたから、『この人なら結婚相手にしても大丈夫だろう』と思っていたんだ」

と夫が話をしたことがあったが、夫は本当に人と歩調を合わせない。

男は外で七人の敵を相手に働いているのだ。女房は男と同じ気持ちで家庭内のことは失敗のないよう努めるのが女の仕事である。という建前をいつでも崩さない人なので、家にいては何もしない。

家に帰ったとたん自分は一切手を出さない。女房は空気の如くあらねばならない。心配事も夫に聞かせても、させてもいけないというのである。

会社から帰宅する時間に、女房は笑顔で迎え、食事は夫の好物を栄養的に考えて並べ、風呂に行くと言えば、風呂の用意がさっとできてサンダルも揃えてないと失格なのだ。

家具の修理も妻の仕事、まして子供のことで困ったことでも起きようものなら、大変な説教が始まる。自分は家にいて本と新聞以外は関係ないと思っているのだ。

ある時、夫の身支度でハンカチを入れ忘れたことがあった。

清潔好きな人なので、会社で一日に何回も手を洗うらしく、困ったのだろう。それ以後一月近く苦情を言われた。

経理の仕事柄なのか、予定したことが計画通りに運ばないと、検事の如き鋭さで、追求が始まる。白と黒をはっきりさせる人だ。

屑籠一つでも所定の位置にないといけないのだ。勝手に動かしたのが悪いと言って、今までの場所に紙屑を投げ捨てる。

親戚の付き合いも女房まかせなのに、報告が悪いと赦さない。子供の躾もきびしく、大人に対するのと同じ言葉と態度で説教が始まるので、母子ともどもどれほど無言で涙を流したかしれない。

ゴルフを始めて三十年以上経つ。本を読みテレビを見て研究熱心なのは良いが、自分の思い通りにならないため、買ったクラブは自分流に調整し直すので、数多く持っているクラブも他人には使ってもらえない。自分の腕はもう少し上がるものと思っているのだろう。しかし六十歳を境にして、ゴルフの足は遠のいた。自分の限界を感じたのだろう。

せっせと本屋に通い始め、本を買い漁っている。

体調が悪いと新聞と本で調べた薬を取り寄せ、百歳まで生きる気構えだ。

女房の手料理が一番うまい、と女房をおだてて、頑固にも外食はしない。

十年一日の如く変わりばえのない手料理で満足しているところが、何とも可愛い。

しかし妻の勉強には協力的で、旅行の時は一人で留守番している進歩的なところがあるが、留守番賃はばっちりと妻から取り立てる。

家庭を離れた罰金と言うのである。

還暦を迎え、仕事を離れてからは大分変わって、生活のリズムも変わってきた。

余生は気楽に行くべきだと割り切った点はお見事である。

自分の部屋は掃除し、散歩の帰りに牛乳や果物も買ってくる。背広は着たがらず、自分流に考えた取り合わせの服を身につけている。

しかし六十年以上生きたその人の態度は直せない。何事も手伝うのでなく、命令的な態度がことごとに出ている。

頭だけで考えていた人は、実技はいまひとつで、ねじ釘一つ上手には打てない。

「身体を動かさない人は口数が多い」の譬えの如く、夫と付き合っていたら、三年でも十年でも話し続けることだろう。

短気ですぐ怒り出し暴君な男だが、真面目で正直な人だ。家庭を大切にしている。

水と油の如き二人だが、四十年以上苦楽を共にしてきたのだ。いまさら「さよなら」はできない。

完璧な人生も天晴《あっぱ》れだが、お互い疲れ果てる年齢になった。

お互いを認め合いつつ余生はのんびりと、寛容の心で暮らしていきたいものだ。

平成四・三・二八記

暮らしアラカルト

会社員時代仕事以外は本当に何もしなかった夫が、仕事を離れて毎日家にいるようになった。

男の人が仕事を辞めて家で暮らすようになると、

「定年までしっかり仕事をしたのだから、これからは自分の好きなことができる」と思い込み、専門職だった主婦の分野に、勝手に管理職として居座りたがる。

これでは妻はたまったものではない。家庭は女性の職場だった所で、夫のいない昼間は女王様の如くに振る舞っていた所だ。

女の人の定年はいつなのだろう。考えようでは一生ないような気もする。そこで私は夫の退職の日が女房の定年の日と割り切って考えることにした。

自分のことは自分でする。二人がこの精神でいれば、何も夫を粗大ゴミと思うことはない。

食事は誰もすることだ。食事作りは私がする。今まで三十年以上毎日してきたことなのだ。大変なことはない。まして年寄りの食事は簡単なものが多い。あっという間に出来上がってしまう。問題は食事をする時間である。

夫は自分の都合でお目ざめとなり、自分流の時間の使い方をする人なので、私には合わない。しかしそれを妨げてはいけない。

お好きな時に食事はしていただく。私も好きな時に食事する。お味噌汁がさめたら自分で温めれば事足りるのだ。女中がいる身分ではないから、並べてある料理を一人で食べるのが淋しいなどと甘えてはいけない。お湯も沸いてポットに入っているではないか。来る日も、来る日も一人ではない。その日のお互いの都合でそうなるのだから気にしてはいけない。

自分で寝る布団は自分で始末する。天気の良い日には自分の気分で干すのもよし、自分で干したら取り込みを忘れないように。これは頭の体操になり、惚け予防になる。

自分の着る物は自分で選ぶ。これはお洒落心を養う上に、お互いに趣味も伸ばせる。

束縛は争いのもとになる。

洗濯物は主婦が一度にまとめてするのは経済的で、労力的にも無駄がない。しかし取り込むのは家にいる人が自発的にする。夫は竿から外すと部屋の中に放り込んでいる。私は気づいた時にそれを畳み、各自のタンスに入れている。

自分の部屋は自分で掃除する。人の部屋は手をつけないこと。どんな汚れても気にしてはいけない。勝手にかたづけられると、お互いに捜し物をし合うことになる。

電話が鳴っても夫は受話器を取らなくてもよい。主婦にかかってくる電話が多いのだ。

庭の手入れ、それは私の趣味の一つなので夫は手を付けないこと、ありがた迷惑になる。

お互いの勉強は妨げない。カレンダーに各自の予定表を書き込んでおく。

定められた経済はお互いに責任を持つ。

お互いを尊重してできた我が家の暮らし方は、今いたって順調に動いている。

自分のことは自分でする。

この基本があれば、老後もまた楽しく行くことだろう。

世の奥方族、夫に文句を並べる前に、自分の頭の切り換えをすると同時に、夫の頭の切り換えもさせるのは、重要な女性の才覚だと思う。

お互いにここまで頑張ってきた二人ではありませんか。認め合って、どれだけ生活を心豊かに楽しめるか、知恵を競い合い楽しみを増やしましょう。

夫婦二人で健康で暮らしていられるだけでも幸せなのですから。

六三・六・二八記

一枚のビラから

ポストに投げ込まれた一枚のビラがあった。

右手首骨折以来、仕事らしいことができずにいた私は、いつもならポイッと屑かごに投げ入れてしまうはずのビラがふと目に止った。

それはある建設会社の扱っているモデルハウスの紹介で、小さな紙面にもかかわらず、五、六種類の家の間取りに、仕様別建設資金の単価と、総工費が親切に書かれた写真がのっていた。

建て売り住宅の坪単価は三十万円くらいでできているらしいと聞いたことがあったが、この広告はそれより安い費用で立派に見える家が写っていた。

不審を抱きビラを片手に電話器のダイヤルをまわし、建設会社を確かめた。早速車を走らせて事務所として使っているモデルハウスを見せてもらった。

部屋に案内され説明を聞いているうちに、私はもう心の中で勝手に家を建てる計画を立てていた。部屋の畳も悪くない。浴室、トイレ、台所の設備も今風にできている。そして説明をしてくれた人の態度も正直そうで、気負いのないのは好感が持てる。帰りがけに別のモデルハウスのパンフレットをいただいて帰宅した。

手の負傷このかた何かを求めていた私の想いは一気に住宅建設にと向かい始めた。

一年ほど前に実父の遺産を受けた土地の有効利用法を考えていた矢先のことである。この土地を三年前から花畑にしていた。しかし、春から秋にかけてどれほど雑草との戦いをしてきたことだろう。サラリーマン主婦業三十年の私には諸々の趣味と交際がある。そのかたわら、百坪からの畑をきれいにするには、目のまわるほどの忙しさと体力がいった。

花を咲かせるだけでなく、もう少し別の意義ある楽しみ方はないものかと考えていた私にとって、このモデルハウス見学は一段と飛躍した思いへの契機となった。

寒い冬の日にも一日中日光の当たる家、四季折々に花の咲く庭のある家、これは娘時代からの夢であった。それなのになぜかそれが与えられない半生だったように思う。しかしこの土地があるのだから夢も実現できるところまできている。駅から少し離れているが発想を変えれば悪くない。

夫も息子も私の提案を受け入れてくれた。

善は急げ。二日目にまたも建設会社を訪れ私のプランと希望を話した。

青写真ができて、初めて訪れた若い監督さんと話し合っているうちに、一部の変更はあったがこの人の意欲的態度が気に入り、終《つい》に家の建設に踏み切った。

農地転用、建築確認など数々の許可を得るために着工は予定より遅れはしたが、畑の家は少しずつ出来上がっていった。

昔式工法で柱の一本一本を削り、板を切り、おっとりとした大工さんが一人で仕上げていく。瓦屋さんが古瓦を庭造り用に置いて行ってくれたり、息子のアドバイスで階段に手摺りも付いた。

着工から四か月、小さな家は出来上がった。

ある日、家具屋を覗いている時、目に止まったのは大きな八人掛けのテーブルだった。その瞬間このテーブルがあればすべての用が足せる、そう思ったら急に欲しくなった。夫の同意もあり、テーブルを買ったお陰で今まで家の中で邪魔な家具としていたものを家具屋さんが畑の家に運んでくれることになり、再活用の幸運に結びついた。

子供達も巣立って二人きりになっても夫は鼠年生まれで古いものを捨てさせない。三十年も共に暮らしていると、私も夫に似たのか古いものに囲まれていても平気な人間になってしまった。

畑の家にはテーブル以外新しい物はない。新築祝いにと言って、あちらの家から、こちらの家からと古道具が集まり、それなりの体裁が整った。

この家の完成後人との交流が増えたように思える。

「東南の角地の家は人の出入りが多い」との話だが、一枚のビラを見たことから思いついたこの家から、どのような人との交流が始まるか楽しみである。

花に囲まれて

連日の庭仕事に疲れた身体を休めるのは昼寝に限ると、食堂に続いた和室に枕を持ち出して、ごろりと横になった。

枕の中に入っているペパーミントの香りが、ほどよい眠気を誘ったようだ。

今年は残暑もことのほか厳しかったが、欅《けやき》の大木を吹き抜けてくる風は秋を感じさせる。目が覚めたのは、三時を過ぎていた。

寝たままで庭に目を向けると、網戸越しに見える〝おいらん草〟は、茎が伸びて花びらを広げ、風に吹かれてゆらゆらと揺れている。虫の鳴き声が聞かれるだけの静かな畑の中の家であった。

太陽の燦々《さんさん》と降り注ぐこの家に住み始めて半年になった。百坪余りの土地に小さな家を建てたので、庭は広い。野菜も作れるほどある。しかし野菜作りの苦手な私は、花畑にしようと意欲的になった。

次々と花は咲き始めた。ある時は庭一面に黄色い花が風に靡《なび》いていたし、薄桃色のしもつけ草が庭の王座と思えたり、浜木棉の時もあった。白いデイジーの咲くのを待って私は友達に花を配り歩く。

初夏から秋にかけて咲くおいらん草は、夢の世界にいる想いにもさせてくれた。今年初めて「のうぜん桲《かづら》」の花が咲いた。鉄のパイプを組んで作ったキウイフルーツの棚には、可愛い実が仲良くぶら下がっている。その下で、茗荷《みょうが》がひっそりと白い花を咲かせていた。秋を告げる紫苑《しおん》の花は、数えきれないほど茎が立って、みごとな花を見せている。

道路が広く、まだ家が少ないこの造整地は、犬を連れて散歩する人が多い。花の美しさに誘われて垣根越しに話しかけてくる人がいる。お陰で顔馴染みが日毎に増えてきた。我が家の庭にない草花を持って来てくれる人、咲いている花を写真にしたいと、大きなカバンを下げて重いカメラを運び、半日がかりで写真を撮りまくる人も現れた。

私は嬉しさのあまり、庭でのお茶飲みが始まる。

栗の実も落ちてしまった今、秋空に咲くコスモスが出番を待っている。

花を咲かせるには土を掘り起こし、肥料をやり、除草を怠ってはならない。おいらん草の葉につく青虫を、毎朝どれほど見付けて取ったかしれない。

初めて植えたトマトの枝芽をかき取り、大きく育て、鈴なりの実が真赤に熟した時の感激、何も彼もが楽しい。

朝、雨戸を明けると花が目に入る。思わずサンダルをつっかけて庭に下りて行き、花を見てまわる。そして、足元に生えている雑草を抜き、しぼんだ花は摘み取る。倒れやすい花には支柱を立てる。水やりが始まる。

早朝の五分間と思って庭に下りたつもりなのに、日光の照りつける中で帽子もつけずに時を忘れて花と付き合っているのはたびたびだった。花に囲まれて暮らせるこの幸せな思いが、私を熱中させるのだろう。

初めてこの土地を見に来た時、ここには栗の苗木が植えられていた中に、コスモスがゆたかに咲いていた。魅せられた私は何度か訪れスケッチをしたのを想い出す。これが契機《きっかけ》となって「自分の育てた花を絵に描きたい」と思うようになった。

しかし、自分で育ててみると、花に明け、花に暮れる毎日ながら絵筆を持つ時間のなんと短いことか。自分でも想像もしなかった暮らし方になった。

私は今までに部屋の模様替えに熱中したことがある。今は花の植え替えに熱が入り、あやめの小路を作ったり、みやこ忘れは来年どこに咲かせようかと、庭を見まわし、顔は日焼けし、長靴姿でシャベルを持ち、衣服を泥にまみれさせながら庭のあちらこちらと歩きまわっている。

父が病気入院中、病室に飾った花はこの畑の花がほとんどだった。コスモスもたびたび持って行った。そのこぼれ種から今年もまたピンクや赤紫の花が咲き競うことだろう。

鯉のぼり

三月に生まれた孫の卓也は今年は初節句だ。四月にお宮参りを済ませたばかりなのに、一か月も経《た》たぬのに端午の節句を祝わねばならぬとは、何とも忙しいことだ。

長男に男の子が生まれた時、初節句に兜を祝ったので、次男の子供にも同じようにしてあげないと不公平になると思い、私は迷うことなくデパートの節句用品の売場に行った。

兜を始め鎧、武者人形、鯉のぼり、兜の附属品の飾り物など売場の一角は立派と思えるものが並べられていた。どれもこれも驚くほどの値段だった。私の思っていた予算よりはるかに高いものが多い。デパートでなくダイエーに行ったら安く買えるかもしれないと思ってもみたが、私はお正月以来の風邪がまだ治っていない身体で行ったため、また出直すとなると大変なことになる。一生一度のお祝い品なのだから、この際目をつぶって買う決心をし、その中では中級品とも思える兜を一つ選んで買った。

三十五年も前のこと、長男の初節句に私達両方の実家から同時に兜が届いてしまい、二つ飾ったのを想い出す。それでもサラリーマンでアパート暮らしの部屋に飾るには場所もとらず、飾るのも簡単で、子供の世話に多忙な私にはちょうど良かった。私の子供時代に兄の鯉のぼりを、住み込みのお手伝いさんが毎日上げたり下ろしたりしていたのを見ていた私は、「なんと鯉のぼりは面倒なものだろう」と、子供心に思っていたものだった。そのことが私の脳裏から離れなかったためもあって、私は息子の子供に祝うのは兜が良いと勝手に思ってしまい、息子の意見を聞き入れることなど考えも浮かばなかった。

次男は現在九州に単身赴任の身で、卓也と母親はお産以来の嫁の実家にお世話になっている。

「息子が東京に帰ってくるまでひとまず家で飾らせてもらおう」と、持ち帰ったばかりの兜を床の間に据えた。

老夫婦二人の家の中は兜一つ置いただけで雰囲気が変わった。端午の節句も良いものだ。

デパートの店員が話していたように、毎年付属品を増やして並べていったらさぞかし立派に見えることだろう。私は満足であった。

それから四、五日して、お菓子屋さんの店先にあった豆のお菓子付き鯉のぼりを買ってきた。隣りのアパートの庭に今年もまた大きな鯉のぼりが泳いでいるのを見ていた私は、小さくとも鯉のぼりなのだと自分に言い聞かせながら庭の栗の木の小枝にガムテープで止めて飾った。

五十センチほどの吹き流しに赤と青の二匹の鯉が風に吹かれて勢い良く泳ぎ始めた。静かだった庭に動くものが加わり、活気が出てきた。見ていた私も楽しくなった。

その後、四月に三年保育として幼稚園に入園したばかりの孫の洋子が遊びに来て、いち早く鯉のぼりを見つけ、親にもつげずに裸足で庭に下りて鯉のぼりにさわって来た。そして部屋に上がってくるなりまたも鯉のぼりのところに行きたいと言い、裸足で下りて行く。元気に泳ぐ鯉のぼりを見て、「鯉さん鯉さん」と話しかけている。よほど気に入ったようだった。

子供には床の間に飾った兜より風に泳ぐ鯉のぼりのほうが魅力があるのだろう。それも手の届く所で泳いでいたのも良かった。嬉しそうにさわっていた孫の顔を見て、私は二人の息子に鯉のぼりを一度も買ってあげたことのない親だったのを思い出した。一度だけ手造りの鯉のぼりを垣根にしばりつけて上げたことがあったが、それは人様に話のできるようなしろものではなかった。

五月二日、連休を利用して九州から帰って来ていた次男は、妻と子供を連れて来た。卓也にお祝いの兜を見せるためと、初節句の祝いで、兜の前で三人は記念写真を撮り、のんびりと夕食をすませて帰って行ったが、その日は家中の者が生まれて二か月になった赤ん坊のとりこになり、庭に上げてある小さな鯉のぼりのことなどすっかり忘れていた。

長男夫婦は子供の初節句に白い木棉の布地を使って、手造りした鯉のぼりを上げている。鯉のぼりは魔除けになり、「鯉に似て元気に成長するように」との願いがこめられているのだそうだ。次の年、初めより大きい鯉のぼりを一匹作ったので、手造りの鯉のぼりは三匹になった。三匹の鯉のぼりの下がっている庭で遊んでいる孫の写真を送ってきたのを想い出す。社宅住居からマンションの五階に移り住んで、手造りの鯉は大きくて飾れなくなった。そのためベランダの手摺りに金具で止めて飾れる既製品の鯉のぼりを買ったそうだ。

子供が小学校入学と同時に長男も職が東京に変わり、三月に引っ越して来たばかりだったこともあり、去年はお節句が来ても鯉のぼりの話題も出ず、私もうっかりしていて気付きもしなかった。今年はどうするつもりだろう。次男の子供のためにと思って買った気持ちばかりの小さな鯉のぼりを見て、孫の洋子があれほど喜んでいたのが思い出された。

そうだ、長男のところにある鯉のぼりをこの庭で上げたなら、鯉も存分に泳げるというものだ。

四国地方で、不用になった鯉のぼりを集めて川幅いっぱいに綱を渡し、数えきれないほどの鯉のぼりを飾った風景をテレビで紹介したことがあったが、あの方法ならうちの庭でも飾れそうだ。

電話で話をしてみたら、長男夫婦も賛成してくれた。


五月三日、欅の大木の上を吹く風はごうごうと鳴っていた。私は朝から庭に出て、強い日ざしを受けながら鯉のぼりを付けるためのロープの用意に懸命だった。と言うのは、ゴルフの練習用の古いネットについているナイロン製のロープをはずして利用することを思いついたからだった。主人も次男も、

「そんな手間のかかる仕事はやめて、買って来たほうが早くて、安いものだ」

と言ってくれたが、私は、

「使えるものを使って捨てることはないの」

と言い返してネットの端にかがりつけてある緑色のロープを引き抜く作業を一人でしていたのだった。

その甲斐もあって、はずしたロープを全部繋ぎ合せたら十メートル以上になった。

二階のベランダの手摺りから垣根近くに植えてあるさるすべりの幹にロープを渡し、長男の持って来た鯉のぼりを一つ一つロープに結びつけていった。

私の初めて見る手造りの鯉のぼりはクレヨンを使って書かれたもので、上品なうえに貫録が感じられた。世界に二つとない三匹の鯉は、赤、緑、青とそれぞれが複雑な色合いに仕上がっていて、親の願いのこもった気高い芸術品だ。既製品のはナイロンの布でできているもので、鮮明で軽いので、吹き流しと共によく風に泳ぐ。栗の小枝につけてあった小さな鯉のぼりも棒のついたままロープに止めたので、全部で八匹の鯉と二つの吹き流しが一列に並んだ。庭の草木の緑の中に色美しい鯉のぼりは、その日吹きつづけていた強風にあおられ、ロープに止めるその時からお腹をふくらませて泳ぎ始める。一斉に泳ぎ始めた鯉のぼりは泳ぎの競争をしているようだった。

長男一家はもちろんのこと、次男も主人も共に歓声があがった。孫の二人はお気に入りの裸足で、庭をぐるぐる走りまわる。鯉のぼりの下をくぐり抜け、鯉のぼりの尻尾《しっぽ》をつかまえっこをして大声を上げている。自分の好きな鯉のぼりから離れたがらない。

八匹の鯉のぼりはその時生きものに見えた。

一同緑の風の中でジュースで乾杯！

我が家のこの庭で大きな鯉のぼりが泳いでいる。私が初めて味わったこの感激。孫によってこの感激も生まれたのだ。

主人と二人だった家庭から、今九人の家族になった。そして皆でこの庭で上げた鯉のぼりを見て楽しんでいる。

私は六十歳にして初めて鯉のぼりの泳ぎを満喫して眺め、いつまで見ていても飽きなかった。

鯉よ泳げ、泳げ、元気に泳げ、勢いよくいつまでも、いつまでも我が家の庭で泳ぎまくれ。

五日、次男は子供卓也のために新しい鯉のぼりを買って来て庭に上げ、その下で母親に抱かれた卓也の写真を撮りまくっていた。

その日、お隣りから不用品になった大きな大きな鯉のぼりセットを頂戴した。来年はこの庭は鯉のぼりの名所になるかもしれない。

平成四年五月十三日

別れ

「あと十年は元気に暮らせる」

自分の身体は自分が一番よく知っていると自信満々の夫だったのに、異変に気が付いたときはもはや手遅れの状態で、闘病二か月、手術の甲斐もなく七十四歳でこの世との別れだった。

私は、主人が満三十歳の誕生日に出逢い、七十四歳で別れたので、共にいられたのは四十五年間の生活だった。

主人は入院中静かに人生を省みていたのだろう。看病する私に向かって、

「これまでの人生は、今思い出すと実に楽しい人生だったよ。二人だけで作った人生で他の誰にもできないことを良くここまでやってきたと思うよ。楽しい人生だった」

と静かに穏やかな表情で話してくれた。

優しい光が病室に射し込んでいた。

その後、二度の手術で良くなると思われたが、高熱が続き、肺炎を起こした。私は背中を軽くさすっていた。

「今夜は帰らないでここに私も泊まるわ」と言うと、

「さすがお前は俺の女房だ。これで安心して眠ることができる」

と言ったあと、鼻唄を唄っている声が聞こえた。

「あなた歌が唄えるようになったのね」

「こうでもして気分転換しなきゃこんな所にはいられないよ」

夫は気分が良かったのか、間もなくスヤスヤと眠った。

これが夫と私との最後の言葉になろうとは。気が小さくて淋しがり屋の夫だった。

人は亡くなると、残された人に実に多くの仕事を残してくれる。待ったなしに押しかけてくる用事をこなすのは一人では大変なことだった。

四十九日の納骨が済むや、近くに住んでいた息子達は海外の転勤が待っていて、次々と一家はアメリカに飛んで行く。寒風に一人立っている心境だった。

ひょうたん記

一

平成十八年、秋も深まった頃玄関のチャイムが鳴った。晃一さんだった。

「これ格好よくできたので持って来ました。どこかに飾っておいてください。これは座りも良いもので、ここにちょっと傷がありますが向こう側に向けて置くとわからないです」

「これは何ですか」

「ひょうたんです。これは宝来という名のもので縁起が良いものですよ」

「これが『ひょうたん』ですか。ひょうたんは、私は首の括れたものと思っていましたけど」

「綿を入れた小さな座布団の上に置くと立派に見え、これを置くと良いことがありますよ。じゃ、また、来ます」

彼はそそくさと帰った。

「太ったお相撲さんのようなこの『ひょうたん』。これが、格好が良いとは……」

彼は私の小学校時代の同級生の弟さんで、私の妹とも同級の人だったが私は話をしたことがない。どうして私にくれたのだろう。不思議に思いつつ玄関の下駄箱の上に飾った。

こんなひょうたん見たことがなかった。

奥多摩の高水山に登山した時、神社下の石段横で老婆が一人で小さなひょうたんを売っていた。自分で育て作ったもので赤茶色の塗料がぬってあり、ここまでにする苦労話を聞き、登山記念に買ってきた。それが始めての「ひょうたん」との出逢いで、三十年も部屋に飾ってある。晃一さんからの太ったひょうたんは二つ目のものになった。

年も明けた五月、再び晃一さんが現れた。小さな鉢に苗を大事そうに持って庭にまわり、そっと置いた。黒い苗用の鉢カップのものは、千成、百成、蓬莱、明日香美人、と書かれた札が差してあり、これがひょうたんの苗だった。

「鉢の土が乾いたら水を静かに差し入れ、本葉が四枚ほど出てきたら本植えの移植をしてください。鉢から静かに出してその土を落とさぬよう植え替えしてください。一週間くらいしてから化成肥料を離れた場に少し与えてください。時々見に来ますが一度植えたら動かさないで、植えるのはこの辺がいいですね。今から土の用意をしておくといいですよ。堆肥に油かすでも混ぜて準備しておけば良く育ちます」

楽しそうに指示する彼は不用になったキウイの鉄パイプでできている棚を利用させる計算での場所選びだった。そして忙しそうに帰った。

一週間ほど経ち、私は言われた通り本葉が四枚ほど出た時移植した。棒を立て動かぬよう紐で止める。頃合いがわかるらしく彼がまた現れた。手にひょうたん栽培のマニュアルのパンフレットを持って来ている。そしてこの通りにすればひょうたんが成るはずなので読んでおいて欲しいと置いて行った。

一メートル以上離れた場所に四つの苗は植えてある。苗の成長はそれぞれで、一番早く伸び始めたのは大きいひょうたんになる「明日香美人」だった。

「芯を止め、子づるが出る。二、三葉出た所で芯を止めると孫づるが出る。子づる、孫づるに花が咲いて実をつける」

とマニュアルには書いてあるが、思う通りにいかない。つるが伸びて何がなんだか理解できなくなった頃花が咲き出した。

中形の蓬莱が一番早く実をつけ始めた。雌花は小さなひょうたんの形をした先に花が咲く、大きいものは始めから大形で、小さいひょうたんは小さい形の雌花なのが実に面白い。

七月、朝に晩に私は庭で出てひょうたんの状態を見てまわった。一度葉が黄色になり近所の方が消毒をしてくれたので以後順調に育った。

明日香美人はつるばかり伸びてなかなか実がつかなかったが、花が咲き実がつくと、知らぬ間に大きくなっていた。一日三センチくらいずつ大きく育つので、私は明日香の虜《とりこ》になっていた。形も良くスマートに伸びる。実の重さで棚に張ったつるが下がり始めた。たった一つきり一人っ子の明日香は名の通り美人。お盆の八月十五日、我が家の息子の家族も驚きの声を上げて見ていた。

宝来も百成、千成は小形中形だから棚から下がっても心配ないが、大形のこの明日香、とうとう台所にある金網の大きな篭に入れることを思いついた。この中に入れれば棚からずり落ちることはない。

九月に入り葉が黄色く枯れ始めた。次第に棚は明るくなり、ひょうたんのたくさん下がった棚が自慢の場所で楽しい毎日。

成長は止まったようだ。しかし晃一先生の収穫オッケーの許可は出ない。待ちに待った二十日頃許可が出た。

ひょうたんの頭の部分が固く黄色になり、つるが枯れるまで見守るのは大変な忍耐だった。成長期より軽くなった明日香のつるを切り、篭から取り出した。

「あ！　明日香美人のお尻が曲がっている」

あれほどすんなり格好よい美人の「ひょうたん」だったのに、私の親切心が仇になったのだ。五十センチも背丈のある大きいひょうたんは座りが悪く、美人とは言えない。

「失敗した！」

切り取ったたくさんのひょうたんは水に漬けて表皮を腐らせてむくと白い肌になる。切り口に明けた小さい口からピンセットを使って種を出し、二、三日水につけて灰汁《あく》抜きをして天日に干して乾燥させて完成となる。

高水山でひょうたんを売っていた老母の言葉通り、ひょうたんは実に手間のかかるものの一つだった。白く仕上がった大小様々な顔、形のひょうたん、それだけにどれ一つ捨てがたい私の子に思えた。

来年、明日香は名の通り美人のひょうたんにしてあげたい。それにしても前の年に晃一さんの下さった「蓬莱」は我が家では、首の細い美人が多く、座りもよいお利口さんで、優等生の一番になっていたし、小形の物はどれが百成か千成か判別できないがとても可愛い子になっていた。

二

初めてできたひょうたんは大形、中形、小形と多数の収穫だった。仕上法で思案が始まり、晃一先生が木曽漆器を思わせる作品を持って来て仕上げ方法を伝授してくれる。

二、三種類の速乾ニスを何度も重ねて吹きつけ、それをやすりで磨き上げるのだそうで、私もそれを試みたが、これは私には不可能なことだった。そして考え、始め黒く吹きつけ乾いてから赤、緑、黄、青等を軽く少しずつ吹き付けていく方法を思いついた。上手になるまでには九月の残暑の中での試行錯誤の日が続いて、ついに自分流の方法が生まれた。

大形で少し腰の曲がった明日香美人は、秋の紅葉を思わせる貫禄あるひょうたんになった。

小形の蓬莱は伸びたつるによって少しずつ形が変わっていたが、不思議と二つずつ同形が生まれていた。その同形のものは同じ色付けにしたいので吹き付けも楽しい努力となり、そして肌の悪いものも色づけにより美しい変化のあるひょうたんにと生まれ変わった。

型もよく色白なひょうたんは、肌の色を生かしたいので、絵を描くことにする。失敗したらスプレーで隠せばよいと居直り、始めてみると丸い物体を左手で持ち、右手は筆を動かすので緊張するが、色スプレーをかけるのと違い、一つ仕上げると、次は何を描こうかと考えながら仕上げていくうちに、描くのがまた楽しくなった。透明のラッカーをかけると艶が出て絵が引き立つ。それがまた嬉しい。

そんな訳で兄妹、子供を始めとして、次々と手許から離れ旅立ったがそれでも自分のお気に入りは残っていて、棚に飾られたひょうたんを見入ることがたびたびになった。

私の造った私のひょうたん。

三

老人会に入会して知り合ったTさんが突然見えた。

「小山さんの家に行ったら、玄関の土間にこんなひょうたんがゴロゴロ転がっていたのでもらって来たので一つ差し上げましょう」

「これもひょうたんですか」

「そうらしいんだ。小山さんの家はここから近い所なので見せてもらってくるといいよ」

どんなに近くても見ず知らずの家にまで行って見せてもらう勇気は私にはない。彼は、他を語らず、丸いひょうたんは下駄箱の上に置いて帰った。

ある日、新聞広告欄に目が止まった。

七福神がそれぞれの持物をかざしながら走って来る楽しい絵。

「この絵を丸い大きいひょうたんに描いてみよう」

黒いマーカーペンで輪郭を書き、色をつけたら思いがけないほど元気の良いめでたい七福神のひょうたんになった。大きな口を開けて笑ってこっちに向かって走ってくる神々！

息子に見せたら、

「アパートの空き部屋の入居募集用に使ったら縁起が良いと決まるかもしれない」

と借りていった。しばらくして入居者が決まったと戻ってきた。めでたいひょうたんになった。


「今年の梨はおいしいですよ。食べてみてください」

とTさんの奥さんがビニール袋に入った梨をくださった。

「どこで買って来ましたの？」

「近くの梨畑の売店で、毎年買っているけど今年はとても味が良かったから、これなら食べてもらえると思って。買いに行ってみてごらんなさい。誰かいると思うわ」
二、三日して近くの梨畑の横にある販売所に行って一袋買った。その時片隅に大きいひょうたんが置いてあった。
「まあ珍しい大きなひょうたんですね」

初めての人には私は話しかけることはあまりしないのに、この時は自分の手がけたひょうたんのこともあって話しかけた。店番の私より若い奥さんがすかさず、

「良かったらあげますから持って行ってください。こんな大きい『ひょうたん』、どうしようもなく邪魔

なので、持って行ってくれると助かるんですから」

「本当にくださるんですか。それではもらってからどうしたら良いか考えましょう」

という訳で、自転車の後部荷台に乗せて帰って来た。頭の口は太い穴が開いていて種も出して乾燥され、軽くなっていた。私の手掛けた明日香美人の二倍もあるこの大形のひょうたん、

「さてどうしたものか……」

翌日、失敗してもよい覚悟でまたも絵の道具を出し、大きな花の絵を次々と描いた。私には花を描くきり能がない。

梨畑の即売場に持って行き、奥さんに
「こんな絵を描いたんですが、良かったらどうぞ」

と差し出した。

「こんなにきれいになったんですか。これは部屋に飾っておける。うちは絵を描けないから喜ぶわ」

彼女は梨売場の奥から同じ大きいひょうたんを二個も出してきてお礼としてくださった。またも大きなひょうたんが家に運ばれた。一つは同じ花の絵を描き、もう一つは墨で漢詩を大きく書き入れた。

四

種でもさまざまな型のひょうたんができることを知った私は、次の年、自ら種を蒔き「明日香美人」の成功を望んだ。発芽まで日が経ったが、三個ずつ土に埋めた種はあちらこちらに小さな芽が出始めた。本葉が出始めた頃、

「これは長いひょうたんの苗ですが、三本持って来たので植えてみてください」

会ったこともない見知らぬ男性が突然またもひょうたんの苗を持って来て置いて行った。どこの人かそれでも農家の人だ。この辺の人は、私を知らぬのに突然持って来る人が多い。

「女一人住まいだからか？」

肥料も時々与え、二年目の育成は順調で孫芽も伸び花も咲きだした。今年の関心は長いひょうたんに集中。一本のひょうたんは一番早く花が咲き、実になりのびだしたのに七十センチ程で成長が止まり小さいおしりが丸くとがり、細い首だけ長い形のものになった。あとの二本はこれまた苗一本にそれぞれ一本きりだったが毎朝見まわるたびに伸びていく。まるで二本の長い棒のようなひょうたんが競争し合っている。私は巻尺を持って計り、そして水やりに精を出した。(水をかけると大きくなるとのこと)

明日香美人は形良く大きくなり、昨年と同じ大きさで止まった。昨年失敗したので今度は西瓜を買った時入れてくれるビニールでできたあらい網を利用し、棚からのずり落ち防止にした。そして二個の大

きな同じ形のひょうたんができた。同じ種類の種なのに、別の苗のものは少し小ぶりで細長く、お尻がどれもつき出ていて座らないものばかりが棚に下がっている。私は数をかぞえる。三十一、三十二、三十三……。

十月に入ってから切り取った。大きなひょうたんは水に入れて腐らせるのが大変な仕事。ましてや長いものは容器がないので四苦八苦。ついには穴を掘りビニールシートを置いて貯水池を作る。浮かぬように上に板をのせて重しをする。表皮がむけて水から引き上げる時、長いひょうたんの一本は二つに折れてしまった。腐った水の中で種を出す。かくして二年目のひょうたん作りは順調に行った。天候も良く、きれいな肌のひょうたんが次々と天日に干された時の喜びに、知らぬ間に鼻歌の出る私。

五

「フランスパン」を思わせる三本のひょうたん（その内の一本は横二つに折れたが幸いにもガムテープで止めて存在）。さて、どうしようか……腰の曲がった初めて作った明日香美人の仕上げを思い出し、カラースプレーをかけて仕上げる。天気も良く満足な仕上がり、それを持って私は梨畑の彼女に見せに行き持ち帰った。その時、

「この奥さんのご主人が私に長いひょうたんの苗を持って来て呉れた人かもしれない」

と思えた。

それから三日後のこと、畑のおじさんが大きな大きなフランスパンのような長ひょうたんを二本持って現れた。

「大きいのができたので持って来ました。よかったらあげましょう」

太くて大きいひょうたん。うちのそれより遥かに太くて大きい。これが彼は自慢の一品という顔で帰って行った。

「大は小を兼ねる」

という言葉があるが、うちには三本も仕上がっていてどこに置くか思案中なのに……。

私はまた、即乾ニスで黒く色をつけてからカラーニスを吹きつけ始めた。私の腕は上がっていて失敗もなく、七色の虹のようなフランスパンに仕上がった。

「苗を頂いたお礼にしよう」

と思いつき、私は両手で抱えて梨畑に行った。

店番をしていた奥さんは
「ちょっと待っていて下さいね。主人がいますから逢っていってください」

広い梨畑の奥の方で仕事中のご主人が奥さんに連れられて現れた。彼は七色に輝く大きなひょうたん

を見て目を丸くして、

「これは良くできている。どういう風にしてこんなにできるんですか」

と聞いた。私はこれまでにした行程を説明して、彼に二本のひょうたんを渡した。手にした彼は嬉しそうにしげしげと見入り、そして言った。

「うちの親父が、ひょうたんが好きで長いこと作っていて、それが蔵にたくさんあるんですよ。俺もまた毎年植えて畑で楽しんでいるので、どうしようもないほどある。親戚の人に字を書いてもらったのが玄関に飾ってあるけど、絵を描いて、こんなに仕上げたのは初めてだ。これは飾っておける。こんな上手にできたものをもらっては悪いな……。そうだ、暇な時に家にあるのを持って行ってあげます」

彼は大事そうに二つのひょうたんを夕方家に帰る時に持って行くといって売店奥に立てかけ、梨畑に消えて行った。

親から子に引き継がれたひょうたんも加わり、ほのぼのとした温もりを感じる小山さんの家族。

約束通りトラックに長い自慢のひょうたん五本も積み持って来てくれた。

蔓を切って自然乾燥させただけらしく、泥にまみれ種も抜いてない五本のひょうたんを私は庭の洗い場でタワシを使って洗い流し、家の中に入れた。ソバカスの顔した長い五本のそれは、置く場所に迷う始末。

それでも、また、ホームセンターに走り、大量にカラースプレーを買ってきて色づけに勤しむ私だった。

時は流れ二年ほどした。梨畑の売場に奥さんが一人立っていた。私は梨を買い、支払いの時梨畑の奥に目を移した。黒い大きい丸いものがたくさんぶら下がっている一角があった。

「あそこに見えるものは何ですか？」

と尋ねる。

「あれはひょうたんで、私の趣味ではない。どれでも良かったら持って行ってください」

邪魔物扱いをしているような仕草、梨の木の枯れた所に植えたのだろう。

ひょうたんの絵つけ以来顔見知りになっていた私は案内されて畑の中に入り、丸いひょうたんを見る。大小四十個は下がっていた。以前友達のご主人からいただいて七福神を描いたあのひょうたんだ。見るだけで外に出た。

「これは主人の道楽で、私には関係ないものなの。あっちの畑にたくさん成っているので見に行くといいですよ。今日は主人が畑にいるはずです」

「あっちの畑ってどこにあるんですか」

「そこですよ」

指差されても広い畑が続いていて私にはそこがわからない。彼女はたまたま梨を買いに来た知り合いの女性に留守を頼み畑へ案内してくれた。畑の中道を進んで行くとビニールハウスの中でご主人は仕事をしていた。奥さんは見届けると何も言わず引き返した。

「今日は、奥さんにひょうたんを見せてもらうようにと案内されました。見せていただけますか？」

ご主人は快く畑の奥に案内してくれた。突き当たった場所にお手製と思われる広い棚には、以前私のいただいた三本の苗からできた長い棒のようなひょうたんが数え切れないほど成り下がっている。

「これは根元に水さえ掛ければ大きくなるんですよ。あと十センチ長いものができるとギネスブックに載るんだけど、それが難しい。これなんかもう少しでなるんだけど……」

彼は長いひょうたんの中を愛しそうに手でさわり歩いた。

「これは気がついたら棚に引っかかって曲りに曲って帆かけ船のような形になっている。こっちのは大蛇のように横に伸びてどんな形になるか楽しみなんですよ」

「まあ面白い」

私は声を出して笑ってしまった。

「あっちは大形のひょうたんです」

反対側の畑を指差す。目を向けると、そこは私が初めて見て驚いた超大型で首のくびれた形のものが、先が見えないほどたくさん成り下がっていた。太さも一メートルもありそうなものばかり。そして均整のとれた同型のものばかりで私の作ったひょうたんのように変型したものはなかった。さすが専門家、私は驚き言葉も出ずに見惚れてしまった。

「好きなのを選んで持って行っていいですよ。これなんかいいかな……」

手で持って重さを見て、少し早いか……。

「いただいたこれと同じものが二つもありますから、それに置く場所もないので……。それにしてもお上手ですね」

畑に水道も引かれている。アパート等で使うプラスチックの大形の風呂が畑南側に置いてあり、水を溜め、すでに長いひょうたんがその風呂に浸かっていた。浮かぬように蓋をし、押さえて表皮の腐るのを待っている。畑で何もかも完成するようになっている。ビニールハウスの中に置けば夏の暑さでひょうたんは乾燥するらしく、長いのが隅に置かれっぱなしだった。千成りはスーパーで使っている買物籠の中に入れて放置状態になっていた。

畑で野菜、花つくり、梨、ぶどう、それに「趣味のひょうたん」と言っているがこれも売っていたのだろうか。彼は私が帰る時、五色の美しい切り花をくださった。

あれから何年か経っている。遠くから畑に白い車の停めてあるのを見かけるが、私は立ち寄っていない。ひょうたん作りは止めたらしいと人から聞いたが本当だろうか。ちょっと淋しい。

六

艶出しをし完成したひょうたんに水を入れてみた。傾けると静かに水が出る。そしてコッコッコッと私が水飲みの時に喉が鳴るように音を立てて少しずつ水が出てくる。友人と酒を酌み交わす光景は想像しただけでも楽しい思いだ。

両人対酌山花開一杯一杯又一杯……李白でなくてもさぞかし美味かろう、この酒宴。

ところで風水では、持ち主の健康を促進し、家の気を旺盛にすると共に悪気を滅する効果があるとされている。そして財運をもたらす。

中国の土産として、四個同形に揃ったひょうたんが連なり、そこに「一生平安」と書かれたものをいただいた。それが年を重ねるごとに茶色の貫禄も出てきた。飾っておくだけで良いことのある気がするこんな良いものはない。

ひょうたんは昔から作られていたそうで、世界各国でさまざまな用途に用いられ、食器や入れ物として保存したり、この中に植物の種を入れておく保存法が最適と重宝されていたらしい。南の国の原住民が長首のものをペニスケースとして使っていた写真を見たことがある。楽器としての使用法は優雅で私も試みたい。我が師、晃一先生は電気ゴテを使って美しい模様の穴をあけ、中に豆電球を立てスタンド仕立てにしている。

私は続けること三年のひょうたん作りを通して、数多くの種類のあるひょうたんを知ったばかりでなく、部屋に飾られたその一つ一つに愛着と思い出が重なって捨てがたいものになっている。豆ひょうたん、千成（十センチくらい）、百成（十三〜二十センチ）、中成（二十〜三十センチ）、大ひょうたん（百〜百五十センチ）、だるま、フラスコ形など、私の家はさまざまな形のひょうたん館になってしまった。

突然訪れた人との交流から、次々広がっていった趣味を持つ人との輪に誘われ、楽しく元気で八十歳を過ぎても健康に恵まれた毎日になっているのは、まさにひょうたんの持っている運気のように思う。

平成二十九年、久し振りにホームセンターで種を買い、千成ひょうたんを庭に蒔き育てた。天候が悪かったのに、小さなのがたくさん棚にぶら下がった。

「一つも無駄にせぬ」

との気構えで取り組む。実ったそれを自分流の方法を考える。試行錯誤を重ね、遂に生まれた作成法で完成させた小さなひょうたんは、友達に、親戚にと渡っている。

「形は小さくても幸運をもたらすものになっておくれ」

と祈る私。

平成二十九年十二月

大黄河の如くに

二十二歳で結婚し、翌年母となった私は秘かに考えていた。

二十代で子供を生み終わり、三十代は子育てを完璧にし、四十代になったら自分の趣味を持ち始め、五十代からは豊かな晩年が迎えられるように努めよう——と。

子育ては、全知全能を投入する親と子の格闘であった。それが終わった時が、女性としての曲がり角だったように思える。戦いの終わりの空しさにも似た日々を過ごしていたある日、茶の間でクロスステッチの刺繡をしていた私に、

「お前がそういうことをしている姿は、とても幸せそうに見えるけど、きっとお前に向いているからなんだろうな——。これからはそういう芸術的なことをするように努めたら良いと思うよ」

本を読んでいた夫が、さりげなく言ったのだった。

「芸術的なこと？」

絵も描けない私が、芸術的なことができるのだろうか。それからしばらくの間あれこれと考え迷う日が過ぎた。そして、自分の好きな熱中できることを始めるしかないと思い至ったのである。それから、

サラリーマン主婦の私にできるささやかな楽しみが始められたのだった。

娘時代に洋裁、和裁、編物と習っていた私は、針を持つことは好きであったのに、手に汗をかく私には細かい刺繍を自分から始める勇気がなかった。ところが、文化刺繍を始めてみると簡単に刺せることがわかり、夫子供の留守の時間がとても楽しくなった。仕上がった作品を、夫は感心して見てくれたうえに、彼自ら部屋に飾ってくれた。気を良くした私は、次々と作品を仕上げ、父の古稀の祝い、友達の新築の祝い、御礼の品として、あちらこちらにと配っていった。

ある日、友人からこぎん刺しのテーブルセンターをいただいた。紺地に白糸で刺したもので、

「子供が大きくなってからの暇つぶしに、こんなことをして遊んでいましたの」

と説明しながら、私に教えてくれた。彼女は専業主婦の大先輩であった。私は本を買い込み、こぎん刺しに熱中し始めた。眼鏡まで買ったのはこの時であった。

戸塚刺繍は、別の友人からの誘いで始まった。数人のグループの家に先生が出張してくださり、会食を楽しみながらの勉強であった。手に汗の出る私は石鹸で手を洗い洗いしながらも、先生について学ぶ楽しさと、美しい色使いで仕上がる刺繍の魅力に惹かれて、先生から出される宿題を一生懸命にこなしていく良い生徒になっていた。地刺しと変わったステッチで仕上げる作品は次々に大作になり、寝食を

忘れるほどになり、デパートを借りて開かれる展覧会の出品依頼まで受け、宝物とも思える作品もできた。音楽を聞きながら無心に針を運ぶその時の流れが、この上もなく幸せに感じられたのに、グループの中でつまらぬことから妬みが起こり、六年間も続いた仲間が解散となってしまったのは惜しいことである。

木彫は、見知らぬ方にお金を貸したことから近づきになり、その人から教えを受けることになったのだから、縁とは不思議なものである。

公団に住まい始めて一か月の彼女は関西の人で、友達のない淋しさもあったのだろうか、次々と材料を買って来てくださった。お互いに食事を持ち寄り子供のことなど語り合いながらの勉強で、私は彼女の一番弟子であった。

木彫の作品は我が家には珍しいもので、

「これは今までにない芸術的なものだ」

と夫が褒めるので、またも私は調子に乗り、意欲も湧き、部屋の中はもちろんのこと、トイレの中まで木くずが散り家族を困らせたこともあった。刃の入れ方で作品の感じは変わる。絵心があったらもっと良いものができるのではないかと、どれほど思ったか知れない。そのうちに、絵が描けるようになりたいと、秘かに思っていたものだった。師となってくれた彼女は突然の病気で逢えなくなったが、手直しを受けた作品は今も生き続けている。

レザークラフトは、婦人部のサークル活動で習った。手作りの物の中で皮の細工は、やり直しがきかないものに入ると思う。一生懸命に取り組んでも気に入る作品は少ない。駄作が数多く溜まり、断念することになった。

コーラスは、立川澄登先生の名前に惹かれて、大勢の友達と一緒に、週一度池袋まで通って指導を受けた。安い会費も良し、電車に乗って通うのも楽しかった。コーラスは、発声の基本から直され、音符を読み取り、声を合わせ、外国の原語を暗記して発表会に臨むまでには大変な苦労であったが、お揃いのドレスで、大ホールのステージに立って合唱する華やかさは忘れられない。海のかなた、ハワイまでも飛んで行ってのコンサートまで経験したのだから大満足と言えよう。

心に歌を、とサインして下さった立川先生は、音楽の豊かさと、表現法を親切に教えて下さった忘れ得ぬ人である。

詩吟のお誘いは、伯母が初めで、この時は、子供も小学生の時、一年半ほどで止めてしまったが、それから十二年後、友人から声がかかり偶然にも同じ先生が近くに来てくださることから仲間に入れてもらった。漢詩を学び、その詩に感動して心から吟ずるのが詩吟なのだそうで、コーラスの発声法とは違うので苦心している。

民謡は、老人会の民謡クラブの発会の日、詩吟の友達がご親切にも我が家の玄関まで迎えに来てくれた。あまり興味がなかったのに、友達の親切を無にできず、出かけたのが始まりで、当日、年若い私に会計が当てられてしまった。これが縁で、老人会にも加入となり、民謡を覚えるだけでなく、旅行、その他の行事にも誘われるので、お年寄りとも仲良くなり、人生の経験や知恵を伝授される光栄にも浴している。

ゴルフは、夫の自動車運転手としてゴルフ練習場やコースへの送迎をしたお陰で、私もできるようになった。緑の芝生の上を白球を飛ばして終日遊べるこの遊技は優雅で、その頃は女性ゴルファーが少なく人目をひいていた。暑さにもめげず、台風の中でもコースをまわったあの若さはもうなくなったが、親子で楽しめるスポーツになっているのは嬉しい。

山登り。これは全身汗を流し一歩一歩登り、山頂に立つその感激が好きで、軽登山の会に加入した。若い男性のリーダーが親切に計画を立ててくれる。人について安心して参加できるのは気楽である。夜出発の三等船室に乗り込み、大島の三原山に登ったり、満員の夜行電車の通路に寝て男体山をめざしたり、楽しみに出かけた雲取山で雨にあったり、山道で見つけたあけびのつるから籠作りに夢中になったこともある。

旅行は、加入していた団体が行う旅行に参加していたことから、一人旅もできるようになり、海外旅行のツアーに参加する勇気も生まれた。行く先々で新しい発見があり、友に出逢えるのはありがたい。旅は心を豊かにしてくれる。私の旅は晴天に恵まれついている。

公民館の利用は、思いがけない勉強の場になっている。苦手だった絵の勉強も大きな恩恵を受けているうえ、ステンドグラス、刺し子の勉強もできたし、園芸の講座から、自分の畑作りも始まり、花を作る楽しさも増えた。社交ダンスも踊れるようになり、国際経済の仕組みまで知ることができた。人のための企画の楽しさも味わうこともできた。公民館はこれからも利用させてもらいたいと思っている所である。

人から学ぶ、これは大切な勉強法の一つなのだそうだが、この五十余年の私の人生は、正に「人からの学び」と言える。そして、若き日に立てた計画の上を順調に歩んで来られたのは、天の恵みであろうか。夫、子供、親戚、友人と多くの人の恵みによって成されたのは言うまでもない。健康にも恵まれた。

時間を無駄なく使うべく生み出されたこの私の遊びにより、次々と出来上がった作品が、今、我が家の至る所に飾られている。

「満艦飾で、貴方の家らしいわね」

「これだけの作品を残すのは普通ではできないことよ。無駄な時間使いはしてなかったのね」

と言われた友達の言葉が、ぴったりと当てはまっているように思える。

未だに一芸に通じることもできずにいる私は、次々と湧き上がる仕事と遊びにより、今、濁流の如き時の流れを送っている。この流れが清流になるのはいつのことだろう。そうは言いながらも、大黄河の如くすべてを飲み尽くし、悠然と流れ行く人生も私は好きだ。

第二の青春の日々

主人と二人だけの年金暮らしに突入した。

会社員で会社の仕事以外は何もしないと言ってもよいほどの主人が、毎日家で暮らすのでは大変なことになると考えていたが、それなりにまた新しい生活のパターンが生まれ出した。

宵っぱりで朝寝坊低血圧の主人は、人にせかされるのは嫌いな性質。

「三十年以上も同じ仕事を仕上げたのですからご自分のお好きなようにどうぞ……」

と、私は毎日二人前の食事を用意すると、一人でいそいそと食事をとり、片付け、掃除をすませ、そして自由な時間となる。

民謡クラブでは、ご近所のお年寄りの方々との親睦を深め、詩吟教室では漢詩を学んでその心にひたりつつ思いきり声をはり上げてストレスを解消し、墨彩画では豊かな時間の使用法を開発して美意識に酔い、登山では若き男性のリーダーに負けじと汗を流し、大自然と語ってその雄大な神秘さに心を打たれ、旅行に出かけては人との出逢いを楽しみ、傑作と呼ばれる写真を残したく走りまわる。その上に今年の春は公民館の講座に週三回の完全受講を目指して定期券まで購入した。まさにルンルンルン！　の気分なのだ。

二人の息子が社会に出た今、私の毎日は、子育てから完全に解放され、趣味のために身体がいくらあっても足りないほどの多忙さである。本の好きな主人は、私の予定表を見てただただあきれ顔でいつまで続くことやらの体《てい》である。

息子どもは、

「頑張ってますね、それでも好いことだ」

と言う。娘時代に戦争に遭い、十分な勉強も遊びもできずに過ごしてきたその想いが今や爆発したといっても過言ではない。

二十三歳で親になり、子供のおむつを初めて洗濯した時のことが今でもありありと思い出される。私の幼少時は、女中、子守に囲まれて育ち、おむつ洗いはその人達の仕事だったのに、一介のしがないサラリーマンの妻である母は、子供のおむつ洗いから始まる。井戸端で盥《たらい》に手を入れながら涙が頬を伝ったのを今も忘れはしない。そんな私だったのに、子供を育てるうちに何でもできる強い母親にと変わった。それだけではない。子供のためにと思って始めたことが知らぬ間に自分の楽しみに変わり、娘時代にできなかったさまざまな勉強をしていることに気が付いた。

思えば、子育てのための躾《しつけ》、教育、その他の雑事と、妻としての役割りを果たすためのこの三十年の悪戦苦闘は、若さと、馬力と、ひたむきな向上心によって支えられたものであった。三十年間で世の中もすっかり変わり、この私にも失われた青春が蘇ってきたように思われる。一日をいかに充実して燃焼させようかと心が一杯の毎日なのだ。

この生活こそ二人の成人した息子と夫からの心からの贈物のように思えてならない。

あとがき

「十年ひと昔」の言葉があるが、ひと昔と思えないのは十年があまりにも早く過ぎたためだろう。「欅の里」を本にまとめたのは私の還暦の記念だった。その時また十年生きられたなら、また本を出してみたいと、ひそかに思っていた。しかし五年はまたたく間に過ぎてしまい、元気と思いこんでいた主人もあれよ、あれよと思う間にこの世から去っていった。一寸先は闇という言葉を実感したのはこの時だった。そのとき八歳年下の私は「七十三歳まで生きてこられたのだから…」と心の中で自分に言い聞かせ慰めていた。

流れる如く月日は過ぎて、人の暮らし方も次々と変わる。この十年の自分も「よくこんな暮らし方ができている」と思われることがしばしばである。十年がひと昔の早さで流れても、やはり十年は十年の月日が重なり合っているにほかならない。

このままではいられない。思いつめた気持ちが次第に強くなってきた。しかし、今までの書いた雑文をまとめてはみたものの、物足りない気持ちで迷い始める。それでも、今の私は「一寸先は闇」の年齢になっている。先に進むしかない。

自分史的エッセイ集だが、亡き夫の言葉ではないが、他の誰にも真似のできない自分だけの人生、この生きた証は書くことによって蘇る。この幸せを味わうために、拙いとは知りつつ恥をさらし、書き残すことにした。

誰のためでもない、自分自身のために……。

平成十六年二月二十三日

著者略歴

柳洋子

昭和七年三月六日生まれ

昭和十三年　久留米国民学校　入学

十九年　卒業

十九年　武蔵野女子学院高等女学校　入学

二十四年　卒業

二十四年　自由学園生活学校　入学

二十六年　卒業

二十九年　結婚

榉の里
心の風景をつむぐ私の思い出エッセイ

2024年2月29日発行

著　者　柳　洋　子
発行者　向田翔一

発行所　株式会社22世紀アート
〒103-0007
東京都中央区日本橋浜町3-23-1-5F
電話　03-5941-9774
Email: info@22art.net　ホームページ：www.22art.net

発売元　株式会社日興企画
〒104-0032
東京都中央区八丁堀4-11-10 第2SSビル 6F
電話　03-6262-8127
Email: support@nikko-kikaku.com
ホームページ：https://nikko-kikaku.com/

印刷
製本　株式会社PUBFUN

ISBN：978-4-88877-284-6